ソライロ♪プロジェクト

②恋愛経験ゼロたちの恋うたコンテスト

一ノ瀬三葉・作
夏芽もも・絵

角川つばさ文庫

もくじ

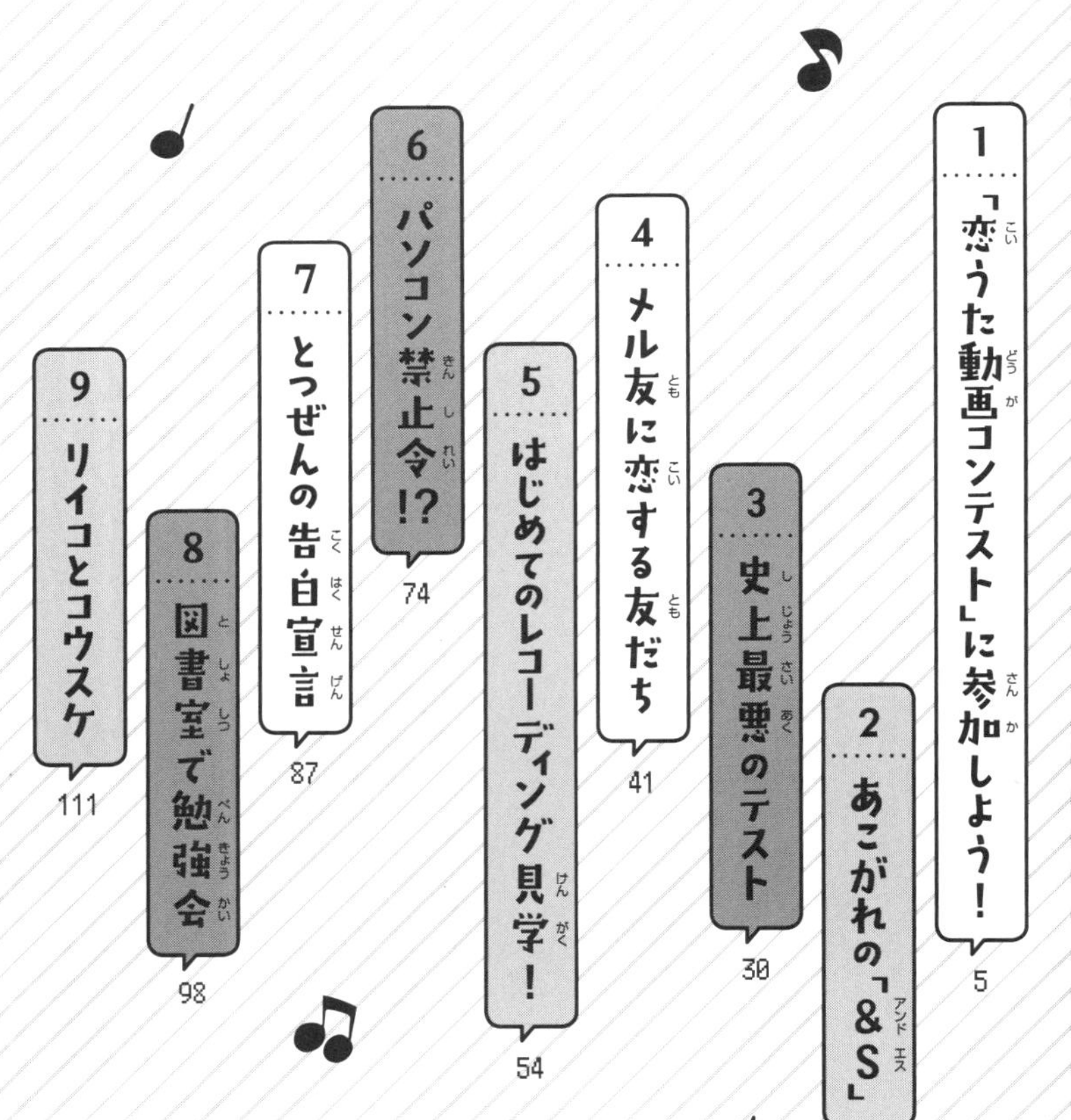

SORAIRO♪ PROJECT

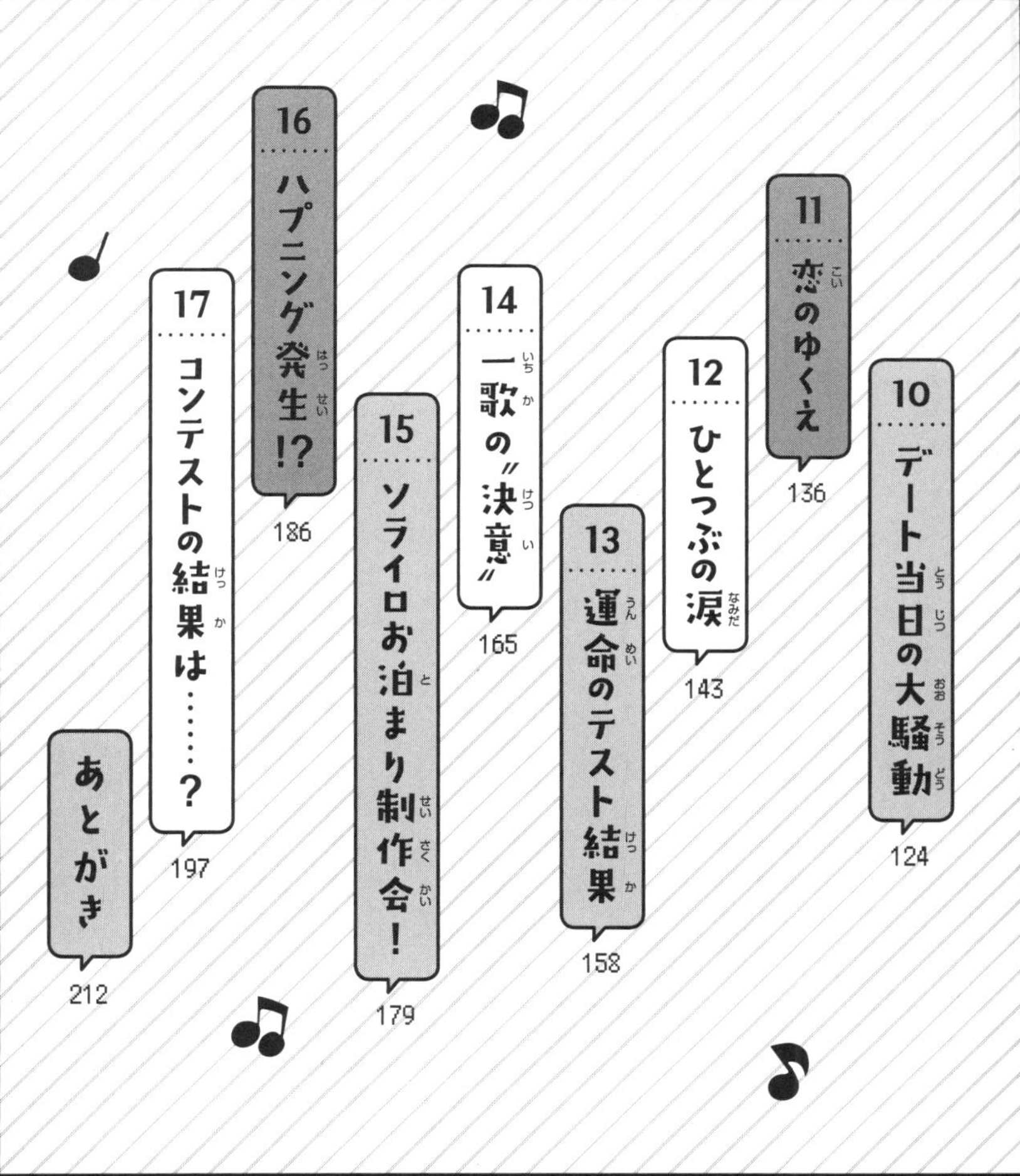

キャラクター紹介
冴木奏太
一歌のクラスのイケメン男子。なにを考えてるか、よくわからない。
秋吉一歌
通称「いっちー」。絵を描くことがとりえの女の子。
和泉雪
一歌の親友。サッカーが大好き。
コウスケ
「ソライロ」の歌い手。身長は低め。
アオイ
音楽創作サークル「ソライロ」の代表。姿を見せない作曲担当。
Rii
「ソライロ」の動画師。コウスケとは幼なじみ。

1 「恋うた動画コンテスト」に参加しよう!

そのメッセージが届いたのは、しとしと雨が降りつづく夕暮れ時だった。

コウスケ『おい! 今すぐこのURLをチェックしろ! ↓ http://www.☆▷○……』

絵を描いていた手を止めて携帯を見ると、メッセージアプリのグループトーク画面に、URLが表示されていた。

(これ、なんのアドレスだろう?)

首をかしげつつ、リンクをクリックしてみる。

『恋うた動画コンテスト 開催決定!

この夏、ワクワク動画主催のユーザー参加型コンテスト企画がスタート!

『恋の歌」をテーマに、オリジナルの音楽動画を投稿しよう！』


カラフルな文字が躍るトップ画面。

下へとスクロールしていくと、コンテストについての細かい説明文がならんでいる。

「恋うた動画コンテスト……？」

ゆっくり声に出して読み上げたところで、携帯のおしらせ音が鳴った。

いったんウェブブラウザをとじて、メッセージアプリにもどる。


Rii『おもしろそうですね！』

コウスケ『とーぜん、オレたちも参戦するだろ!?』


ふたりのメッセージから、ビシバシ伝わってくるワクワク感。

まだ状況がよくのみこめず、ぱちくりとまばたきをしながらその言葉を読み返して……。

「えっ……………ソライロも、コンテストに出るってこと!?」

ようやく理解したとき、無意識に声が出た。

わたし、秋吉一歌。

絵を描くのが好きなフツーの小学六年生なんだけど……じつはひとつだけ、まわりにヒミツにしていることがあるんだ。

それは、音楽創作サークル『ソライロ』の絵師として、動画サイトに動画投稿してること！

ソライロのメンバーは、現在四名。

曲に歌声を入れる、「歌い手」のコウスケ先輩。

素材を編集して動画を仕上げる、「動画師」のりーちゃん。

曲の挿絵を描く、「絵師」のわたし。

そして――、

アオイ『うん。参加してみようか』

とくん
メッセージが来た瞬間、鼓動が高鳴る。

アオイさんはソライロの代表で、担当は、作詞と作曲。

わたしをソライロにスカウトしてくれた人なんだ！

ごくフツーの小学生だったわたしが、ソライロの動画に出会って、絵師になって。

仲間といっしょに、ひとつの動画をつくり上げていく楽しさを知ることができた。

まだまだ走り出したばかりだけど。

ソライロはわたしにとって、本当に大切な場所なの！


いっちー『ソライロがコンテストに参加するの、はじめてだよね！　ドキドキするな〜😆』

未知の世界にふれるときの、期待と不安が入りまじった気持ちが胸の中をかけのぼってきて、
ワクワクしながらメッセージを送る。

「今度の動画は、どんなものになるだろう？」って想像するだけで楽しいし。

みんなと同じ目標にむかってがんばれるのが、すっごくうれしい！

コウスケ『入賞すれば、めちゃくちゃ注目があつまるぜ！』

Ｒｉｉ『ワク動の企画はいつも注目度高いですからね！　大手企業が後援になっていて、テレビＣＭに採用されたなんてこともあったみたいですよ！』

「ＣＭ!?」

わぁ。思わず口が全開になる。

ソライロが動画を投稿しているワク動は、ユーザー数が日本トップクラスの人気動画サイト。音楽動画だけじゃなくて、ゲームのプレイ動画やダンス動画、かわいいペット動画に、おもちゃの紹介動画などなど……本当にいろんな動画が投稿されてるんだ。

人気の動画だと、なんと一〇〇万回以上も再生されるんだって！

一〇〇万。ゼロが六個。

とんでもない数字だよね……。


アオイ『いっちーさんが話してくれた「一〇〇万回再生」の夢は、ソライロみんなの夢でもある。

このコンテストで、よりたくさんの人に僕たちの動画を見てもらえるようになるといいね』

アオイさんのメッセージに、きゅんと胸がはずむ。

今までやりたいことも何もなかったわたしだけど、ソライロに出会って生まれた夢があるの。

それは——、

『ソライロ、めざせ一〇〇万回再生！』


すぐに叶えられる夢ではないけど、みんなといっしょなら、きっといつか果たせるはず！

まずはアオイさんの言うとおり、このコンテストをがんばるっきゃないよね！

うん！　ますますやる気が出てきた！

コウスケ『ていうか、このコンテスト、賞品がマジで豪華じゃね⁉　20位以内でもワク動フェスに招待してもらえるみたいだし！』

ワク動フェス？
わたしは首をかしげつつ、ふたたびコンテストのページを開く。

1位　賞金十万円、あの人気グループとのコラボ権獲得！（詳細は本日夜九時発表！）
10位以内　賞金一万円、ワク動フェスでのステージ出演権獲得！
20位以内　ワク動フェスの入場券と当日開催の＆Sライブチケットプレゼント！

いっちー『この、ワク動フェスってなに？』
質問をすると、すぐに答えが返ってきた。

Rii『ワク動ユーザーが一堂に会する、年に一度の大型イベントです！　なんと来場者は十五万人を超えるそうですよ！』
コウスケ『音楽ライブだけじゃなくて、ダンスとかゲームとか他にもいろいろ、いろんな催しがでっかい会場のあちこちでやっててさ！　マジでお祭りって感じで、超盛り上がるんだぜ！』

へぇ〜、すごい！
話を聞いてるだけでワクワクしてきて、すぐさまメッセージを送る。

いっちー『行ってみたい！』
Rii『開催は八月なので、みんなで行きましょう！　ちょうど夏休みですし😊』
いっちー『ホントに!?　やった〜〜♪』
コウスケ『どうせならただ行くだけじゃなくて、入賞して招待されようぜ！』
Rii『もちろんです！　めざすは入賞……いいえ、優勝ですっ！』

ふふっ。

みんなとメッセージのやりとりをしながら、つい顔がニヤける。

学校の友だち以外の子と夏休みの予定を立てるのって、はじめてかも！

（今年の夏は、楽しくなりそうだな〜！）

るんるん鼻歌まじりで机のカレンダーをめくっていると、ふたたび携帯が鳴った。


アオイ『ところで、ちょうどコンテストによさそうなつくりかけの新曲があるよ。今からみんなにメール で送るから、ためしに聴いてみて』

えっ、新曲!?

思わずガバッと立ち上がる。

アオイさんの新曲なら、一分一秒でも早く聴きたい！

すぐにパソコンのメールソフトを立ち上げて、新着メールの更新ボタンをカチカチ連打する。

「――きたっ！」

アオイさんからのメール。

大急ぎで開いて、添付された音楽ファイルを確認。

ドキ、ドキ、ドキ
どんどん速くなる鼓動をいったん落ち着けて。
すーはー、深呼吸を数回………。
（よしっ！）
いきおいよく、再生ボタンを押した。

バリバリッ、ズドーン！


音楽が鳴ると同時に、頭の中にカミナリが落ちた。

全身をかけめぐる感動と、ゾクゾクッと立つ鳥肌。

心臓が、どきんどきんと大きな音で脈打つ。

（わぁぁ、これこれ！　この感覚っ！）

はじめてアオイさんの曲を聴いたときも、こんな感じだったんだ！

ソライロに入る前。動画サイトをふだんあまり見ないわたしは、たまたま再生したソライロの
『メロンソーダ』って曲を聴いた瞬間、カミナリに打たれたみたいなショーゲキを受けた。

ドキドキ、そわそわ、いてもたってもいられなくなって……。

それ以来、アオイさんの曲を聴くたびに同じ感動を味わえるの！


いっちー『アオイさん！　わたし、はやくこの曲に挿絵を描きたいです!!』


曲が終わるやいなや、急いで携帯でメッセージを送った。

それでも、ドキドキする興奮はおさえきれなくて、すぐにリピート再生ボタンを押す。

（ううっ……何度聴いても、すっごくいい曲！）

ピアノが奏でるさわやかなメロディーが心地よくて、うっとりと曲の世界にひたる。

ジャンルでいうと、たぶん、「ポップ・ミュージック」ってやつかな？

ソライロで今までつくった、バラードの『ＴＯＭＯＲＲＯＷ』よりは明るい曲調で、ロックな『メロンソーダ（リミックスＶｅｒ．）』よりは、少しテンポが落ちついてる感じ。

キラキラしてるのに、どこかせつなくて、胸の奥がきゅーっとしめつけられて……。

とにかく、もう、す～～っごく好き！

ただ……気持ちではすごく「描きたい！」って思うのに、これまでとは、何かちがう。

はじめて曲を聴いたとき、いつも頭の中にハッキリと浮かぶ「イラストのイメージ」が、なかなか浮かんでこない……？

アオイ『気に入ってもらえてうれしいけど……問題は、まだ歌詞が思いつかないってこと』

アオイさんのメッセージに、ぽんと手を打つ。

そっか、歌詞がないからだ！

『メロンソーダ』も『TOMORROW』も、歌詞から主人公の姿が浮かんできて、そこからイメージがどんどんふくらんでいったんだ。

（あ〜、はやくこの曲に挿絵を描きたいのにっ！）

行き場のない情熱が胸のなかでくすぶって、すごくもどかしい。

でも、思いついていないものをアオイさんに催促するのは失礼だし……。

返事を思いつかなくて空中で手を遊ばせていたら、新たなメッセージが追加された。

（…………え？）

読むと同時に、頭がフリーズする。

アオイ『相談なんだけど。恋愛ソングの歌詞にもいろいろな切り口があるし、具体的にどんなコンセプトがいいか、みんなアイディアを出してくれないかな？』


目がテンになるって、たぶんこういうこと。

口をぽかーんとあけて、ただ画面を見つめることしかできない。

だって。絵師のわたしが歌詞のアイディアを提案するなんて……考えたこともなかったよ！

今までは、アオイさんが書いてくれた歌詞が先にあって、わたしはそこから思いついたイメージを、そのままイラストにすればよかったんだもん！


コウスケ『よっしゃ～！　まかせてくださいアオイさん！　次のミーティングまでに、オレがかならず最高のアイディアを出してみせます！』

Rii『参加応募しめきりは、一か月後ですね。じゅうぶんに時間があるとも言えないですし、ひとまず一週間後の日曜日を一区切りにして、私の家でミーティングをしましょう！』

みんなが盛り上がる中、わたしの心は大パニック状態！
携帯を手に、部屋を意味なくウロウロ歩き回る。
（待って待って！　恋って……恋愛ソングのコンセプトって、いったい何⁉）

2　あこがれの「&S」

みんなとのやりとりを終えたあと。

夕ご飯のときもお風呂の間も、わたしの頭の中は「恋うた」のことでいっぱいだった。

でも、考えても考えても、なんにも浮かんでこないっ！

重たい頭を片手で支えながら、ぼんやりパソコン画面を見つめる。

開いているのは、コンテストのサイト。


『ルールは簡単。しめきり日までに「恋」をテーマにオリジナルの音楽動画を投稿するだけ！

ユーザーと審査員の投票を集計して、五日後にランキング結果を発表します。

だれもが胸キュンしてしまうような恋の歌をお待ちしています！』


（胸キュン……恋の歌……う～ん、よくわかんないなぁ……）

画面を見つめたまま、ぐるぐる考えをめぐらせる。

今までソライロでつくった二曲は、どっちも恋の歌だった。

『メロンソーダ』は「初恋」で、『TOMORROW』は「失恋」。

でも、アオイさんが言ってたのは、たぶん「初恋」とかそういう大きな枠での話じゃなくて、もっと細かいシチュエーションのアイディアってことだよね？

そうなると、やっぱり頭をかかえるしかない。

だって、じつはわたし――〝恋〟ってなんなのか、よくわかんないんだもん！

漫画を見たり、曲を聴いたりして恋の話を想像するのはおもしろいけど、それは、他人が考えたものだから気軽に楽しめるってだけで。

自分の頭の中で、ゼロから恋のシチュエーションを考えるなんて、むずかしすぎるよっ！

（ん～……「恋」の前に、まずは「好き」って気持ちから考えてみる？）

親友のユキちゃんが好き。

絵を描くのが好き。

ソライロが好き。

アオイさんのつくった曲が好き……。

いろいろ思いうかべてもピンとこなくて、ぶんぶん首を横にふる。

（う〜〜ん。恋、恋、恋………あっ！）

たとえば、他のサークルの恋の歌って、どんな感じなのかな？

ぱっと浮かんだのは、有名な音楽サークル、『＆Ｓ』（通称・アンエス）の名前。

アンエスはワク動で超〜人気があって、動画再生回数は、なんと一〇〇万回を超えてるの！

すでにネットからＣＤデビューもはたしてる、すごいグループなんだ。

参考にするには、もってこいじゃない？

さっそく検索バーに「＆Ｓ」と入れて、動画検索ボタンをクリック！

（……わぁっ！）

検索結果が出た瞬間、いちばん上に来た動画、『Ｓｕｇａｒ』のサムネイルに目を奪われた。

カラフルな背景に負けない、華やかな美少女。

まるで、テレビに出ている女優さんみたいにキレイな女の子の写真が、動画の〝顔〟であるサムネイルとして画面を彩っている。

（へぇ〜！　この人がアンエスの歌い手なんだ！　名前はＳＡＴＳＵＫＩさん……）

動画に寄せられたコメントをいくつか読みながら、再生ボタンを押してみる。

ゾクゾクゾクッ！

第一声がきこえた瞬間、身震いするほどの衝撃が走った。

それまで考えてたことがいっぺんにふきとんで、画面に釘づけになる。

ずっと聴いていたくなるクリアな歌声。

耳に残る印象的なフレーズに、アニメーションと実写が融合した、独特な世界観の映像。

「すごい……！」

思わず声がもれる。

アオイさんの曲を聴いたときは、頭の中にイメージがどんどんあふれてきて、「この曲の絵を描きたい！」って気持ちになるんだけど。

アンエスの曲は、完璧に完成された世界の中に、体ごと引きずりこまれる感じ。

まるで、ファンタジー映画の中に迷いこんだような、不思議な気持ちになって……。

どきん、どきん

マウスをにぎる手に、じわりと汗がにじむ。

（これが、一〇〇万回再生されたグループの動画なんだ……！）

その魅力に、わたしはあっというまに夢中になった。

ひとつ見終わったら、また次の動画。

時間が経つのも忘れてアンエスの動画を見ていると——ふいに、携帯のお知らせ音が鳴った。

コウスケ『コンテスト優勝チームがコラボするサークルが発表になったぞ！　聞いておどろけ！

——なんと、あのアンエスだっ！』

「えっ!?」

びっくりして、呼吸が止まる。

コウスケ『アンエスとコラボできたら、とうぜんオレたちの動画の再生回数も一気に伸びるはず！　これ以上ないってくらいの大チャンスだぜ！』

（えぇ〜〜っ!?　アンエスと、コラボ!?）

まさに再生中だったアンエスの動画が目に入り、ぶるっと全身が震えた。

こんなにすごいグループとコラボなんて、想像もできない。

でも。もし、本当にそんな日が来たら……！

胸の中に、ドキドキと熱いものがこみあげてくる。

コウスケ『オレ、SATSUKIさんのファンなんだよ！　歌うまいし！　美人だし！』

Rii『私もアンエスはよく見ます！　もしコラボできたらすごいですよね！』

いっちー『わたしも、今ずっと動画見てて、感動してたところ！』

アンエスとコラボできるかもしれないというビッグニュースにわきたつ、ソライロのグループトーク。

みんなとやりとりしてると、どんどん気分が高まってくる！

コウスケ『アオイさん的にはどうなんすか？　アンエスは！』

ふいに、コウスケ先輩がなにげない質問を投げかけた。

（そういえば、さっきからアオイさんは何も言ってないな）

「既読」のマークがついてるから、わたしたちのメッセージは読んでるはず。

わたしはアオイさんの答えが楽しみで、心を弾ませながら画面を見つめる。

――ところが。

アオイ『他のサークルの動画を見るのも、勉強になるかもしれないね。僕は嫌いだけど』

ドキンッ
びっくりして、体が硬直する。
――嫌い。
自分にむけられた言葉じゃないのに、チクリと胸が痛んだ。
アオイさんがこんなにはっきりと「嫌い」なんて言葉を使うの……はじめて見た。
（そっか……アオイさんは、アンエスのこと好きじゃないんだ……）
わたしが「好き」って思ったものを、アオイさんは好きじゃなかった。
ただ、それだけのことのはずなのに。
アオイさんのことをなんだか遠い存在に感じて、ずしんと気分が落ちこんだ。

どうしてアオイさんは、アンエスを好きじゃないのか。

その理由がどうしても気になって、わたしはアンエスのことをくわしく調べることにした。

（『&Sとはーワクワク動画百科辞典』……よし、このページを見てみよう）

パソコンで検索をして、ウェブページを開く。

メンバーは、歌い手のSATSUKIさんと、プロデューサーのSYUさんの二人組。

顔を出してるのはSATSUKIさんだけで、本名や年齢など、くわしいプロフィールは二人とも非公表。結成されたのは、二年前。

(へぇ、意外と最近なんだ……………ん？)

ふと気になる文章があって、ページをスクロールする手を止める。

『……二人は&Sの結成前に「SSS」というサークル名で活動していたが、当時の投稿動画は削除され、現在は閲覧できなくなっている。メンバーの口から過去について語られたことはなく、SSSの活動期間につくられた動画はファンの間で「幻のS」と呼ばれている……』

(へ〜。「幻のS」って、なんかカッコイイ！)

好奇心をくすぐられて、今度はそっちを検索。

ただ、どのページも似たようなことしか書いてなくて、なかなかいい情報にたどりつけない。

(う〜ん、やっぱり〝幻〟って呼ばれてるくらいだし、そう簡単に見つからないか……)

そう思ってあきらめかけたとき、気になるタイトルのリンクを見つけた。

『ヒマワリ（サビのみ）【幻のSかも?】―MoreTube』

ワク動とはべつの人気動画サイトに投稿された動画みたい。

（この書き方だと、本物かどうかはわからないけど……）

動画の時間はたったの二十秒。どうやらサビの部分だけみたい。

半信半疑でクリックして、再生してみた。

（…………あれ？）

音楽が流れはじめて、ふと首をかしげる。

……わたし、この曲どこかで聴いたことある……？

「――いっちゃん？　電気ついてるけど、まだ起きてるの？」

ドキッ！

とつぜんガチャリとドアが開いて、肩がはねあがった。

「あっ！……ママ、ど、どうしたの!?」

ふりむくと、ドアのところに、めずらしく神妙な顔をしたママが立っていた。

「最近、ちょっとパソコンしすぎよ。ごはんのあとも部屋にこもって。パパも心配してたよ」

時計を見ると、もう夜の十一時をまわっていた。

「い、いま寝るところだったんだ！　おやすみっ！」

あわててパソコンと電気を消して、逃げるようにベッドにもぐりこむ。

ママはしばらく何か言いたげに立っていたけど、「おやすみ」ってドアを閉めた。

（ふ～、コンテストのサイトを見てるときじゃなくてよかった！）

わたしが動画サイトで絵師をしていることは、ママをはじめ、まわりにはヒミツにしてるから。

ネットって危険もいっぱいだし、学校の先生も、わたしたち小学生がトラブルに巻きこまれないようにって、常に目を光らせてる。

ソライロでの活動は、もちろんそういう危険なことはいっさいないんだけど。

もしバレて、反対されたりすると困るもんね。

（それにしても……けっきょく、今日はアンエスのこと調べるだけで終わっちゃったなぁ）

目を閉じて、小さく反省する。

ネットで調べものをしてると、そういう落とし穴があるから怖い。

（でも、こんなんじゃダメだよね！）

明日こそ。明日こそは、ちゃんと「恋うた」の歌詞のコンセプト、考えよう！

3　史上最悪のテスト

それから五日後。

わたしはため息まじりに、学校の廊下を歩いていた。

頭の中にあるのは、「反省」の二文字のみ。

じつは、毎晩、夜ふかしをしてアンエスの動画を見たり、「幻のS」の情報を探してネットサーフィンをして遊んじゃって……。

気づけば何もアイディアを出せていないまま、ミーティングは、もう明後日！

（あぁ、もう！　わたしのバカバカバカ……！）

涙目になりながら自分を責めても、それでアイディアが出てくるわけじゃない。

せめて学校にいる間は、「恋うた」の方に集中しようって思うんだけど、恋についてだれかに相談するのも、なんか勘違いされそうではずかしいしなぁ……。

「ふぁぁ……」

先生に頼まれた国語のプリントをかかえて、あくびをしながら角を曲がったら。

ドンッ
「きゃっ！」

だれかにぶつかって、わたしはどすんと尻もちをついた。

「いたたた……」

「ごめん！　大丈夫？」

すっと目の前にさしだされた手。

顔を上げると、そこにはすらりと背の高い男の子が立っていた。

首にかけたブルーのヘッドホンがトレードマークの、超イケメン男子。

クラスメイトの冴木くんだ。

「あ、ううん！　わたしがボーッとしてたの！」

わたしはあわてて冴木くんの助けを断って、自力で体を起こした。

（わ〜、ドジふんじゃった！）

はずかしさで顔が赤くなるのを感じつつ、床に散らばってしまったプリントを拾う。

すると、冴木くんもその場にしゃがんで手伝ってくれた。

「ありがとう、冴木くん」

「いいよ、俺も悪かったし……それより、寝不足？」

冴木くんが、わたしの顔をのぞきこんでくる。

ドキッ
近くで見るとビックリするくらい整った顔に、わたしは思わず背中をのけぞらせた。

「う、うん……ちょっと、いろいろあってね……」

冴木くんは、「ふーん」と小さくうなずく。

涼しげな顔立ちと、あまり表情を変えないクールな性格から、冴木くんはひそかに、「氷の王子さま」なんて呼ばれてるんだ。

少し近寄りがたい雰囲気もあるんだけど、女子からすごく人気があって……。

（そうだ！　冴木くんになら……！）

思い切って、冴木くんにコンテストのことを話してみた。

わたしがソライロの絵師をしてること、親友のユキちゃんと、冴木くんだけは知ってるの。

ふたりともわたしの絵を「好き」って言ってくれて、ソライロのことも応援してくれてるから、こういうことを相談しやすいんだ。

「大きなコンテストだし、みんなと夢を叶えるために、すっごくがんばりたいんだけど……『恋』っていわれても、よくわからなくて。冴木くん、何かアイディアとかない？」

冴木くんはモテるし、恋については、わたしよりくわしいんじゃないかな？

そんな期待をこめて聞いてみたら、冴木くんは悩むそぶりも見せず、すぐに口を開いた。

「秋吉、好きな人いないの？」

「……………えぇっ!?」

急すぎる質問にびっくりして、せっかく拾ったプリントがズザーッと手から滑り落ちた。

さらにびっくりだったのは、とっさに頭に浮かんだのが、

『――僕はキミを待ってた』

っていう、アオイさんからはじめてもらったメールの文章で……？

(わ、わたし、なんか頭が混乱してるみたい！)

熱くなる顔を冷まそうと、せっせと手を動かしてプリントを拾う。

「い、いい、いないよ！　それより、冴木くんの……」

「俺はいるよ」

へっ？

あまりにサラリとした発言に、思わずフリーズ。

声も出なくて口をパクパクさせてたら——とつぜん、目の前にプリントの束があらわれた。

「……なんてね」

フッとイタズラっぽく笑う冴木くん。

立ち上がって、そのままスタスタと廊下を歩いて行く。

(か……からかわれた〜っ!?)

ていうかそもそも、なんであんなにあせっちゃったの、わたしっ！

穴があったら入りたいくらいはずかしくて、受け取ったプリントの束で顔をかくす。

冴木くんって……やっぱり、ナゾすぎる！

——ところが、その日最大の事件は、このときのはずかしさが吹っ飛ぶくらいショッキングなものだったんだ。

「昨日の小テスト返すよー！　国語と社会と算数、三つあるからね！」

帰りの会がはじまる前に、担任の「まるちゃん先生」こと丸子先生が声をあげた。

いっせいにざわつきだすみんなをなだめつつ、先生は出席簿の順に名前を呼んでいく。

「秋吉さーん！」

「はいっ！」

出席番号一番だから、わたしはいちばんはじめ。

席を立って、先生から答案用紙を受け取った、そのとき。

「……大丈夫？　授業でわかんないことあったら相談してね」

先生に小声で耳打ちされた。

（…………えっ!?）

イヤな予感がして、ぞわりと背筋が冷たくなる。

わたしは手にした答案用紙におそるおそる目を落とし…………その場にかたまった。

5点。

50点でも15点でもなく……5点だった。

(△がひとつで、あとはぜんぶバツ……!?)

自分史上最低の点数をすぐには信じられず、名前らんを確認してみるけど、そこにはまちがいなく自分の字で、『秋吉一歌』と書いてあった。

体の力がぬけて、ボーゼンと立ち尽くす。

(ウソだ……!　夢ならさめて……っ!)

「おーい。一歌、だいじょうぶ?」

親友のユキちゃんに声をかけられて、ハッとわれにかえる。

「うっ、うん!　だい、じょうぶ…………」

じゃな~~~~~いっ!

席に戻って、ガバッと両手で顔を覆う。

ニガテな算数だけならまだしも、社会も25点と、今までで最悪な結果。

そして得意な国語まで、はじめて50点を切っちゃった……。

たしかに、最近はパソコンで夜ふかしして、少し勉強がおろそかになってた気はしてたけど。

それでも平均点くらいはとれるだろうな～って、軽い気持ちでいた。

まさか、こんなことになるなんて……っ！

頭がくらくらしてきたよ。

「はい、みんな受け取ったね！　しずかにしずかに！」

まるちゃん先生がパンパンと手をたたく。

先生はみんなが落ちつくのを待ってから、ぐるりと教室を見わたした。

「もうすぐ一学期も終わりということで、終業式の前の週に各教科のまとめテストがあります。一学期の授業が身についているか確認する大事なテストなので、そこで点数が悪かった人には特別に！　夏休みの宿題に、補習プリント倍増でプラスしちゃいまーすっ！」

クラスが、「ええ～っ！」と割れんばかりのブーイングにつつまれる。

「まるちゃんの鬼！」

「夏休みは休むもんだろ！　宿題はんたーい！」

なりやまない野次にも、先生はニヤリと余裕の笑み。

「フッ、そんなブーイングに屈する丸子ちよみじゃありまっせ～ん！　補習プリントがイヤなら、今回の小テストでできなかったところを、しっかり復習しておくよーに！　いいね!?」

（うぅっ……）

先生の話に、わたしはますます頭をかかえるしかなかった。

せっかく、「夏休みはワク動フェスに行こう！」ってソライロのみんなと約束したのに、このままだと大量の宿題に追われて行けなくなっちゃうかも!?

そんなの、ぜったいにイヤだよ〜〜〜っ！


わたしはガックリ肩を落として家に帰った。

（勉強かぁ……気が重いなぁ……）

でも、まとめテストまで、もう二十日もない。

楽しい夏休みのためには、今日から少しずつでも勉強しないと……。

「ただいま……」

「あ、いっちゃん。おかえり〜！」

ママは片付けの手を止めて、笑顔でむかえてくれる。

わたしはいつものようにランドセルを開けて、クリアファイルをとりだした。

自分の部屋に行く前にママにおたよりをわたすのが、うちの習慣なんだ。

「はい、これが学校からのおしらせで……」

おたよりを引きぬいてママに手渡した、そのとき。

ファイルの横から例のテストがちょこっと顔を出して、ぎょっと体がこわばる。

（わっ！　ど、どうしよう……！）

「ん？」

急にオロオロしだしたわたしに、首をかしげるママ。

わたしはとっさに、ファイルをうしろにかくしてしまった。

「いっちゃん、どうしたの？」

「な……なんでもないよ！　手、洗ってくるね！」

ママにうしろを見られないよう、そろーりそろーりあとずさって。

廊下に出た瞬間、いそいで自分の部屋にかけこむ。

バタンッ
ドアを閉めて、フゥとひと息。

だけど落ちついてくると、とても悪いことをしてしまった気がして不安になってくる。

（いつもテストが返ってきたら、ママに見せてるのに……）

……いや、今からでも遅くない。正直に見せに行こう！

そう思ってファイルから答案用紙をとりだして……ため息が出る。

やっぱりダメだ。

こんな点数、ママに見せられないよ！

(ごめん、ママ！　今回だけ、かんべんしてくださいっ！)

心の中であやまると、わたしは答案用紙をおりたたんで、ランドセルの奥におしこんだ。

4　メル友に恋する友だち

土曜日の午前授業が終わった帰り道を歩きながら、わたしはぼんやり空を見上げていた。

明日は、約束のミーティングの日。

いつもなら、お昼ご飯のことで頭がいっぱいだけど、今のわたしはそれどころじゃない。

「『恋』って……なんなんだろ？」

ひとりごとのつもりでつぶやいたら、となりを歩くユキちゃんが、「ええっ!?」と大声でさけんだ。

逆にびっくりして、わたしは視線をユキちゃんにむける。

「一歌が急にそんな話するって……さては、だれかに告られたな!?」

ニヤリ、口の端をもちあげるユキちゃん。

「相手は？　うちのクラスのヤツ？」

「ちっ、ちちち、ちがうよ！　そうじゃなくて……」

ぐいぐいと顔を近づけてくるユキちゃんを押しかえしつつ、「恋うた」のことを話す。

ユキちゃんはわたしがソライロの絵師をしてることを応援してくれてるけど、こういう話はおもしろがるタイプだから、なるべくナイショのままにしときたかったんだ。

けど、今はもう、そんなこと言ってられないもんね。

「……なーんだ、そういうことか。つまんないの」

ユキちゃんは思ったとおり、つまらなそうに口をとがらせる。

「もうっ、ユキちゃん。わたし、本当に真剣に悩んでるんだよ！」

「ごめんごめん、わかってるってば」

ユキちゃんはすまなそうに苦笑いを浮かべて。

ふと、何かひらめいたようにぽんと手を打った。

「そうだ。『アオイさん』は？」

「へっ？」

つい、声が裏返っちゃった。

思いがけないところで、アオイさんの名前を聞いたものだから。

「なんでアオイさんが出てくるの？」

「なんでって。だって、それこそ『恋』じゃないの？」

「…………えっ!?」

驚きのあまり、目がとびだすんじゃないかってくらい大きく見開く。

「ちっ……ちがうよ！　アオイさんはそういうんじゃなくて、その、尊敬はしてるけど……！」

「でも一歌、『アオイさんからこんな連絡がきたんだよ』って、よく話すじゃん。うれしそ〜な顔してさ」

「うっ……」

アオイさんから連絡がきてうれしいのは否定できないけど……。

その「うれしそ〜な顔」って、わたし、いったいどんな顔してたんだろ!?

はずかしくなって、両手でほっぺを押さえる。あ、熱い……！

「で、でも、会ったこともないん

だよ？　顔どころか、声だって知らないし……」

「そんなのカンケーないでしょ。その人のこと考えると『幸せ！』って思ったり、気持ちがすれちがったら『さみしい』ってなったり。それを恋っていうんじゃないの？」

自信満々に言い張るユキちゃん。

（そう言われても……よくわかんないっ！）

だって、わたしはアオイさんのこと、まだまだぜんぜん知らないもん。

それに、アオイさんは個人情報を明かさない主義の人だから、あんまり踏みこんだことを聞いても迷惑に思われる気がして、気軽に質問もできないんだ。

たしかに、いっしょに動画をつくる時間は本当に「幸せ！」って思うし。

アンエスを「嫌い」って言われたときは、さみしかったけど……。

「そうだ。一歌、今日って遊べる？　あたし、漫画見に本屋に行きたいんだけど、ついでに少女漫画で『恋』のお勉強するってのはどう？」

ユキちゃんのおさそいに、わたしは頭をきりかえて、「うん！」とうなずいた。

何もせずに悩んでたってしょうがない。

ユキちゃんといっしょなら、何かいいアイディアが浮かぶかも！

家でお昼を食べたあと、ユキちゃんと待ち合わせて、近所の大型スーパーに入っている本屋さんへむかった。

ちょうど小学生が午後からの約束であつまりだす時間で、晴天小の子とよくすれちがう。

「あっ。あれ、広海たちじゃない？」

ユキちゃんが言った。

見ると、道路を挟んだむこうの植えこみに、クラスメイトの広海ちゃんと樹里ちゃんがならんで座っていた。

ふたりは大の漫画好きで、いつもぴったりいっしょに行動してる仲良しコンビ。

わたしも漫画が好きだから、ふたりとはよく話すんだ。

「おーい、広海！　樹里！」

ユキちゃんが大声で呼びかけるけど、ふたりはおしゃべりに夢中でまったく気づかない。

わたしたちは信号が変わるのを待って横断歩道をわたると、ふたりにあらためて声をかけた。

「おいっ、何そんな盛り上がってんの？」

ユキちゃんがトンッと肩をたたいて、ふたりはようやく顔を上げた。

「あっ、ユッキーと一歌ちゃん！　やっほ〜！　今ね、ろみちゃんが……」

「キャー！　待って樹里！　言わないで！」

「え〜っ、いいじゃん。ユッキーたちなら〜」

きゃあきゃあと騒ぎだすふたり。

わたしはユキちゃんと目を見合わせて、首をかしげた。

広海ちゃんはもじもじ両手の指を遊ばせながら、ナイショ話をするように声をひそめる。

「この話……だれにも言わないでね？」

真剣な広海ちゃんの表情。

わたしはつられるように、ちょっぴり体を緊張させてうなずく。

広海ちゃんは一呼吸置いてから、コホンとせきばらいをした。

「じつは…………私、出会っちゃったの！　運命の王子さまに！」

きらり、目を輝かせる広海ちゃん。

となりでユキちゃんがいぶかしげに首をひねる。

「王子？　それって冴木のこと？」

「ちがうちがう！　冴木くんはあこがれの人で、これとはべつ！　これは……恋だから！」

広海ちゃんは、顔を赤くして言った。

「こ、恋!?」

恋という単語に、わたしの耳がビビッと反応する。

「チャンスじゃん、一歌！　もしかしたら、『恋うた』のネタを考える参考になるかもよ！」

ユキちゃんが、ふたりに聞こえないくらいの小声で耳打ちする。

そっか。もしかしたら、「救世主現る」かも!?

わたしは神経を集中させて、広海ちゃんの話に耳をかたむけた。

「カレと出会ったのは、つい最近なの。この前、塾の帰りで電車に乗ったとき、うっかり寝ちゃって…………」


ふと目が覚めたら知らない駅で。

雨が降ってたから肌寒くて、心細くて……だけどなぜか、ひざの上はあたたかかった。

不思議に思って視線を落とすとね。

私のひざのうえに、見覚えのない上着がかかってたんだ。

派手な色のパーカーで、サイズは同年代の男子と同じくらいだった。

でも、まわりを見ても持ち主らしい人はいない……。

どうしようかと思って困ってたら、パーカーのポケットにメモが入ってた。

『目、覚めた？　この服気に入ってるから、忘れもので駅にでも届けといて！』

きっと、私が薄着だったから、親切でかけてくれたんだと思う。

そのメモを見たら、不安だった気持ちがすごく落ちついて。

次の駅で電車を乗り換えて、ちゃんと家に帰れたんだ。


広海ちゃんは一気にそこまで話して、息をついた。

そのときのメモを手に持って、ポーッと夢を見るような瞳で見つめる。

「で？　その上着、どうしたの？」

ユキちゃんが続きを急かす。

「駅の事務所に届けたよ。でも……私、どうしてもその人にお礼が言いたくて、パーカーのポケットに返事のメモを入れておいたんだ。『やさしい王子さまへ　ありがとうございました。あたたかかったです。ろみ』って、ダメ元で自分のメアドも書いてね。そしたら………」

広海ちゃんが言葉を切って、間をとる。

ごくり
ユキちゃんとふたり、身を乗り出して次の言葉を待つ。

「なんと今日、メールがきたの～～～っ！」

わたしたちは、同時に「え～っ！」と声をあげた。

「きゃ～！　漫画みた～いっ！　きっと運命の出会いだよ～！」

ピョンピョンとびはねる樹里ちゃん。

たしかに樹里ちゃんの言うとおり、漫画みたいでロマンティック！

(運命の出会いかぁ。そういうのって素敵だな)

胸がほんのりとあたたかくなった。

わたしもソライロに出会ったとき、目に映るすべてが輝いて見えたことを思い出したんだ。

広海ちゃんも、いま、そんな気持ちなのかな？

だとしたら……応援したいな。

「みてみて！　これ、カレからのメール！」

広海ちゃんの携帯を、みんなでいっせいにのぞきこむ。

『こんにちは、ろみちゃん！　上着返してくれてありがとう。ボクはアオイという名前です。ヨロシク☆』

「えっ!?」

びっくりして、とっさに口を覆う。

ア、アオイって…………まさか、アオイさん!?

（うそ！　そんな！　アオイさんが……広海ちゃんの王子さま!?）

ドクン、ドクン……

胸がぎゅっと苦しくなって、ぼうぜんと立ち尽くす。

広海ちゃんとアオイさん（イメージ像）が楽しそうに腕を組んでる姿が、頭の中にバババッと浮かんできて――。

「一歌？」

ユキちゃんがやさしく肩をたたいてくれたおかげで、イメージがぱっと消える。

「あっ……あの、もうちょっとよく見せて！」

気をとり直して、わたしはふたたび携帯をのぞきこんだ。

本文、件名。それから、メールアドレス………。

『aoi-respect88@×××.△△.jp』

ドキッ
アドレスの「アオイ」という単語に反応して、思わずビクッとしたけど……。

(ちがう……!)

わたしが知ってるアオイさんのアドレスには、たしか「アオイ」って単語は入ってなかった。

こわばっていた体から、ふっと力が抜ける。

(よかった。さすがに、別人……だよね?)

メールの雰囲気も、アオイさんとはちがう気がするし。

ホッと胸をなでおろしていると、とつぜん、ガシッと手をつかまれた。

「応援してね、一歌ちゃん! ユキ!」

前のめりで言う広海ちゃん。

メールを送るときには、自分と相手のメールアドレスが必要です。メールアドレスは、ネット上での名前と住所に当たります。郵便と同じように、正しいアドレスを入力しないと、届かないばかりか別の相手に届いてしまうことも!
さて、メールアドレスは、大まかにいうと、二つの要素で成り立っています。たとえば「Rii-dougashi@sorairo.△□.×○」このアドレスのように、@の前の文字列が「名前」、@の後ろの文字列が「住所」と分けられます。簡単な文字列でアドレスを作ってしまうと、迷惑メールなどの被害にあう可能性もあるので、注意が必要です。

「えっ？　う、うん！　もちろん！」

「つってもうちら、恋の相談にのれるほど恋にくわしくないけどね！」

「樹里も片思いの経験しかないけど、相談に乗りた〜い！」

わいわいと話すみんな。

だけどわたしは、まだ、どきどきしていた。

（なんでだろう？　わたし、「アオイさんが広海ちゃんの王子さまだったら、ぜったいイヤ」って思っちゃった……）


その夜。

夕飯を食べ終えて部屋に戻ると、携帯にりーちゃんから連絡がきていた。

Ｒｉｉ『いっちーさんこんばんは。明日のミーティングですが、集合は午後一時で大丈夫ですか？　恋うた動画コンテストの相談をしましょう！』

そうだ。もう明日なんだよね。

ひさしぶりにみんなと会えるのがうれしい反面、歌詞のコンセプトのアイディアがまとまっていないことが、プレッシャーになってのしかかってくる。

「よし……」

りーちゃんに返事を送ってから、鉛筆を片手にノートに向かう。

ユキちゃんと少女漫画を見てあつめたキーワードと、広海ちゃんから聞いたメル友の話。

そのへんをうまく組み合わせて、なんとかそれっぽくまとめてみよう！

5　はじめてのレコーディング見学！

日曜日。わたしはソライロのミーティングのために、午後から春風駅へ出かけた。

りーちゃんの家は、春風駅の近くにある一軒家。

白い石壁にトンガリ屋根が目印のりっぱなおうちで、来るたびにちょっとドキドキしちゃう。

「わ〜！　りーちゃんのパソコン、反応がはやいね！」

パソコン画面をのぞきこみながら言うと、りーちゃんはうれしそうにうなずいた。

「去年のクリスマスに、パパとママが買ってくれたのです！　動画編集の作業をスムーズに行うには、ＣＰＵやメモリが高性能なものがよいので。ゲームも快適ですよっ！」

りーちゃんの声に力が入る。

じつはりーちゃん、パソコンに強いだけじゃなくて、意外にも「ゲーマー」なんだ！

お部屋には棚一面にゲームソフトがずらりとならんでて、まるでゲームショップみたいなの！

はじめて来たときは、すごくビックリしたっけ……。

あ、ところで。

わたしたちはただいま、休憩中。

「恋うた」動画の歌詞のコンセプトをどうするか、アオイさんにもチャットで参加してもらいながら相談したんだけど、なかなか決まらなくて。少し休憩しようってことになったの。

今回の作詞は、アオイさんもずいぶん苦戦してるみたい。

心配だけど……こればっかりは、わたしたちも手伝えないからなぁ……。

「くっそー。オレ、三十パターンも考えてきたのに……」

コウスケ先輩は、渾身のアイディアが採用されなかったショックがきいてるらしくて、さっきからソファーに寝転がってぶつぶつ言ってる。

「気分転換に、『メロンソーダ』をかけましょうか」

見かねたりーちゃんが提案する。

「いいね！　わたし、メロンソーダ聴くと、すっごく元気になれるんだ！」

「それじゃあ再生しますね！　ほら、コウちゃんも起きて起きて！」

「へいへい……」

せっせとコウスケ先輩の世話を焼くりーちゃん。

ふたりはお隣さん同士の幼なじみで、兄妹みたいな関係なんだ。

りーちゃんはまだ五年生だけど、すごくしっかり者だから、ときどき中一のコウスケ先輩よりお姉さんに見えて。それがちょっとほほえましいの。


ピロリーン♪


『メロンソーダ』をみんなで聴いてたら、ふと、コウスケ先輩の携帯が鳴った。

コウスケ先輩はなにげなく画面を確認して、「おおっ!?」とさけぶ。

「おい、いっちー、リイコ！　ちょっとついてこい！」

そのままドタバタと部屋を出て行くコウスケ先輩。

「コウちゃんは、本当にじっとしてませんね」

あきれたように笑うりーちゃん。

わたしはりーちゃんとふたり、コウスケ先輩のあとを追った。


りーちゃんの部屋を出て、反対側の廊下のつきあたり。

その扉を開けた瞬間、わたしは「わぁ！」と声をあげた。

まず目にとびこんできたのは、大量のスイッチやツマミがびっしりならんだ機械！

機械が置かれたデスクの上には大きなガラス窓があって、そのむこうに見える部屋には、大きなグランドピアノやスピーカー、スタンドマイクが置かれている。

「ここは、ママのレコーディングスタジオです。こちら側はコントロールルーム、扉の向こうはレコーディングブースになっています」

「すご〜いっ！　りーちゃんのママ、ピアニストなんだもんね！」

「はい！　ソライロの活動はママも応援してくれているので、コウちゃんの歌は、いつもここで録音しているのですよ」

「へ〜！」

うちとは大違いだなぁ！

うちのパパとママは頭がカタイから、応援どころか、「動画投稿サイト」って言っただけで反対されちゃいそう。

オープンなりーちゃんのおうちをちょっぴりうらやましく思いながら、ぐるりと部屋を見回す。

前に、テレビでプロのアーティストがレコーディングをする映像を見たことがあるけど、本物を見るのはもちろんはじめて！

ドキドキしながらこわごわと機械をながめていたら、先に部屋に来ていたコウスケ先輩が、「おい！」とわたしたちに携帯を差しだした。

「コレを見ろ！　さっき送られてきたんだ！」

メッセージアプリの、個別トーク画面。

アオイさんからコウスケ先輩に送られたメッセージだった。


アオイ『ボーカル入りの音楽で大勢の心を動かすには、歌い手がどれだけ感情をこめて歌えるかが大事だと思うんだ。歌詞が書き上がるまで、コウスケ君には万全の準備をしておいてほしい。いっしょに最高の一曲をめざそう！』


コウスケ先輩は、「へへっ」と得意げに胸を張る。

「つーわけで、オレはいま、過去最高にやる気でみちあふれている！　アオイさんの期待にこたえるため、感情こめて歌う練習するぜ！　リイコ、アンエスの『Ｓｕｇａｒ』たのむ！」

そう言って、コウスケ先輩は意気揚々と部屋の奥にある扉を開けた。

あそこからレコーディングブースに行けるんだ。

「わかりました！　いっちーさんも、ぜひこちらへどうぞ。たしか以前、レコーディングの様子を見たいっておっしゃっていましたよね」

「えっ、いいの!?」

レコーディング風景を見るの、はじめて！

わたしはうれしくなって、りーちゃんが座るイスの横に立った。

ガラス窓のむこうでは、コウスケ先輩がヘッドホンをつけてマイクの前にスタンバイしている。

りーちゃんは、慣れた様子でデスクの上のパソコンをしばらく操作したあと、卓上マイクに向かって呼びかける。

「準備ＯＫです！　頭から流します！」

スピーカーから音が流れはじめた。

わたしも知ってる、アンエスの人気曲『Ｓｕｇａｒ』。

アンエスは女性ボーカルだけど、コウスケ先輩が歌うとどんな風になるんだろう？

わたしは、ドキドキと固唾をのんで見守る。

ギターの音がさわやかに走り抜けるイントロ。

イントロが終わり、いよいよＡメロがはじまった――その瞬間。

よく通るハイトーンの歌声が、あっというまにその場の空気をのみこんだ。

（すごい……！）

びりびりっと、しびれるような感覚が全身を走る。

リズムをとらえて、キレイに声をひびかせるコウスケ先輩。

録音された音源を聴くのとはぜんぜんちがう迫力に、鳥肌が止まらない。

（すごい、すごい！　プロの歌手みたい！）

はしゃぎだしたくなる衝動をこらえつつ、横にいるりーちゃんを見て。

わたしはさらに息をのんだ。

まっすぐコウスケ先輩を見つめたまま、まばたきひとつしないりーちゃん。

わたしが見ていることにも気づかないくらい、曲に集中してる。

胸の奥が、じんと熱くなる。

（わたし、こんなすごい人たちとチームを組んでるんだ……！）

感動で震える手を、ぎゅっとにぎりしめる。

みんなといっしょに、一〇〇万回再生の夢を叶えたい！

その思いが、さらに強くなった気がした。

一曲歌い終えると、コウスケ先輩がブースから出てきた。

なんだか浮かない表情で、壁ぎわにそって置かれているソファーにどかっと座る。

「なんか、ちがうんだよな……」

「え？　ちがうって、何がですか？」

わたしはキョトンと聞き返す。

コウスケ先輩の歌声、すごくよかったのに。

すると、じっとあごに手を当てて考えこんでいたりーちゃんが口を開いた。

「さっきアオイさんがおっしゃっていた、『感情をこめて歌えるか』ということですよね？」

「そう！　それだよ、リイコ！」

コウスケ先輩が、バシッとひざを打つ。

「オレさ、アオイさんの曲をはじめて聴いたとき、マジで衝撃受けたんだ。アオイさんの曲は、それまで聴いたどの曲ともちがった。心の奥に直でガツンときて、『こんな風に人の心を動かす歌手になりたい！』って思ったんだ！」

コウスケ先輩の言葉に、わたしもりーちゃんもうなずく。

アオイさんの曲に衝撃を受けたのは、わたしたち三人とも同じ。

ちがう町で暮らしていたわたしたちが、アオイさんの曲に惹きつけられて、こうしてソライロのメンバーとしてあつまったんだもん。

そして、わたしは今まで、何度もアオイさんの曲に背中を押してもらった……。

「あーあ。やっぱアオイさんはすげーよ！　せっかくメアドも『アオイ・リスペクト』にしたってのに、ぜんぜんアオイさんに近づけてる気がしねーなぁ」

あ、それ！　わかるなぁ！

コウスケ先輩の言葉に共感して、こくこくうなずく。

わたしも、アオイさんに近づけるように、もっとがんばらなきゃって、いつも思っ……。

………ん？

何かが引っかかって、わたしはぴたりと考えを止めて、記憶を巻き戻す。

待って。

コウスケ先輩、いま、『アオイ・リスペクト』って言ってなかった？

なんかそれ、どっかで聞いたような………………？

「あ――――――っ!!」

思わず絶叫した。

ふたりはビクリと首をひっこめる。

「なっ、なんだなんだ！　ビックリすんだろ！」

「どうしたのですか、いっちーさん？　どこか具合でも悪いのですか!?」

「ご、ごめんっ！　ななな、なんでもない……！」

うろたえるふたりにあやまりつつ、わたしはくるりと背を向ける。

（え～と、え～と、つまり……ああっ、なにがどうなってるの!?）

頭をぐしゃぐしゃかきむしりながら、必死に考える。

わたしは『アオイ・リスペクト』という言葉を、つい最近、一度だけ目にした。

それは……。

――広海ちゃんのメル友！

あのメールの送り主のアドレスに、『aoi・respect』って入ってたよね!?

それって、つまり……広海ちゃんのメル友は、コウスケ先輩かもしれないってこと!?!?

（でも、じゃあアオイって名乗ってたのは、なんで……？）

ゴチャゴチャぐるぐる、いろいろ浮かんできて、ワケがわからないけど。

とりあえず、本人にたしかめてみなきゃ！

「あっ、あの、コウスケ先輩……？」

言いかけたわたしの声は、コウスケ先輩によってさえぎられた。

「うっし！　いろいろ考えたけど、オレ、恋をすることに決めたわ！」

高らかな宣言。

一瞬流れた沈黙のあと、

「『ええっ!?』」

わたしとりーちゃんの声が重なる。

恋をするって……いったいどういうこと!?

「オレは歌がうまくなりたい。そして思いついた！　感情をこめて恋の歌を歌うには、恋愛経験ゼロのままじゃダメだ！　実際に恋をするしかねぇ、ってな！」

「ま、またそんな冗談を言って……コウちゃんにそんなお相手は、いないじゃないですか」

裏返った声で言うりーちゃん。

「フッ、リイコちゃん。このモテ王子をなめてもらっちゃこまるぜ？　相手なら……いる！」

ニヤリと笑うコウスケ先輩。

りーちゃんは、絶句して口を覆う。

「じつは最近、電車で運命の出会いをしちゃってな。メル友ができたんだ」

ドキッ
コウスケ先輩の言葉で、疑惑が確信に近づいた。

タイミングも合ってるし、アドレスも同じ。

おまけに、「電車で出会った」って！

コウスケ先輩はボーゼンとするわたしたちを残して、ウキウキとブースへの扉をあける。

「オレ、しばらくこもるわ！　アオイさんとの相談は、おまえらにまかせたぜ！」


部屋に戻ると、わたしはりーちゃんに広海ちゃんのメル友のことを話した。

「ええっ!?　それは……たしかなのでしょうか？」

「うん。広海ちゃんに見せてもらったメアド、『アオイ・リスペクト』だったもん。メールでは、なぜか自分の名前を『アオイ』って名乗ってたけど……」

「コウちゃんなら、やりかねません。コウちゃんは本当にアオイさんにあこがれていて、ゲームの主人公の名前も『アオイ』にしてプレイしているくらいですから……」

りーちゃんは複雑そうな表情を浮かべる。

やっぱり、広海ちゃんのメル友は、コウスケ先輩なんだ……。

『応援してね、一歌ちゃん！』

頭の中に広海ちゃんの声がひびく。

でも……もしコウスケ先輩と広海ちゃんが付き合ったら、広海ちゃんにソライロのことを知られちゃうだろうし、わたしが絵師をしてることもバレちゃう。

それは、ちょっと困るかも……。

「ねぇ、どうすればいいと思う？　広海ちゃんはすっかりメル友のコウスケ先輩に恋してるみたいだし、コウスケ先輩もその気になってて……」

話しながら、ふとりーちゃんを見る。

りーちゃんは表情を曇らせて、じっとうつむいている。

「……りーちゃん？」

声をかけると、りーちゃんはハッとしたように顔を上げた。

「へっ!?　あ、え……そ、そうですね」

ぎこちない笑みに、適当な相づち。

なんか、さっきからりーちゃんの様子がおかしい気がする……。

わたしは首をかしげつつも、話をつづける。

「あの、それでね。わたし、広海ちゃんに『応援してね』って頼まれちゃってて……」

「――ごめんなさいっ！」

とつぜん立ち上がるりーちゃん。

おどろいて見上げると、りーちゃんの目がかすかにうるんでいた。

それに、耳の先まで真っ赤だ。

「あっ、あの、そういう話は、私……ニ、ニガテなのでっ！　飲みもの持ってきます！」

りーちゃんは逃げるように部屋を出て行った。

あきらかにいつもとちがう、りーちゃんの態度。

（りーちゃん、どうしたんだろう……？）

ぱたぱたと遠ざかっていく足音を聞きながら、考えをめぐらせる。

りーちゃんの様子がヘンになったのは、さっき、コウスケ先輩がいきなり、「恋をする」宣言をしたときだから……。

（あっ！）

頭のなかに、ある答えが浮かんできた。
もしかして。
もしかしてだけど……りーちゃんって、コウスケ先輩のことが好きなの!?
そういえば前にコウスケ先輩に頭をぽんぽんされたときも、真っ赤になってたし！
そう考えたら、今の行動も説明がつくよ。
(こ、これって、いわゆる〝三角関係〟ってやつなんじゃ……!?)
がらんとしずかな部屋の中、わたしは思わず頭をかかえた。
夕方になって家に帰ると、鏡に映った自分は、げっそりやつれていた。
「はぁ……」

かばんを床に置いて、ベッドに寝転がる。

もう、体中の息が出つくすくらい、ため息をついた気がする。

恋は素敵だし、あこがれる気持ちもあるけど、こんな風に間にはさまれてみると、どうしたらいいのかさっぱりわからない。

まるで出口のない迷路に迷いこんだみたいで、気持ちがふさがっちゃうよ……。

（……そうだ。こういうときは、絵を描こう！）

大好きな絵を描いていると、いつも自然と元気が出てくるんだ。

「よしっ」と思い立って体を起こすと、同時に、「ピロリーン♪」と携帯のお知らせ音が鳴った。

アオイ『今日はせっかくみんなからアイディアをもらったのに、なかなかピンとくるイメージが浮かばなくてごめんね』

アオイさんだ！

それも、グループトークじゃなくて、個別トークのほう！

沈んでいた心が一気にとびはねる。

自分でも「単純だな～」って思うけど、うれしいんだから、しょうがないよね！

ウキウキしながら、返事のメッセージを送る。


いっちー『いえ、アオイさんがあやまることじゃないですよ！』

アオイ『僕も、はやく詞を完成させたいんだ。しめきりもあるし、ちょっとあせってるよ』

めずらしい、アオイさんの弱音。

心配になると同時に、心のどこかでちょっぴりうれしく感じた。

だって……弱音を吐くってことは、アオイさんはわたしのこと、少しは頼りになるって思ってくれてるってことだよね？

わたしははりきって、アオイさんをはげますメッセージをあれこれ考える。

（あんまり軽い感じだとエラそうっぽくなっちゃうかな？　かといって長文を送っても「重い」って思われちゃいそうだし……えーと、えーと……）

迷っているうちに、ふたたび携帯が鳴った。

アオイ『いっちーさんにお願いがあるんだ。なにか、イラストを送ってくれないかな？』

どきん
心がはずむ。

アオイ『昔に描いた絵でもいいし、小さなラクガキでもいい。いっちーさんのイラストを見たら、アイディアが浮かぶ気がするから』

メッセージを読み進めていくうちに、ふつふつとうれしさがこみあげてきた。
ずっと助けてもらってばっかりのアオイさんに、恩返しができるチャンスだ！
わたしの絵でアオイさんの作詞の助けになるのなら、いくらでも描きたい！

いっちー『わかりました！　いろいろ考えてみて、明日、なにか送りますね！』

（よ～しっ、がんばろう！）

気合いをいれて机に向かう。

アオイさんの役に立ちたいし、少しはみとめられたいもん！

今日、レコーディングスタジオではりきっていたコウスケ先輩も、きっとこんな気持ちだったんだろうなぁ。

（あ……コウスケ先輩といえば……）

それをきっかけに、また頭の中にいろいろなことが浮かびはじめた。

コウスケ先輩と、広海ちゃんと、りーちゃん。

大事なソライロの仲間と、学校の友だちが、まさか三角関係になっちゃうなんて……。

友だちとして、広海ちゃんのことは応援したい。

だけど、もしコウスケ先輩と広海ちゃんがうまくいったら、りーちゃんが悲しむ……。

「はぁ……」

鉛筆をにぎったはいいけど絵を描く気分にはなれなくて、そのまま机につっぷした。

わたし……いったいどうすればいいの!?

6　パソコン禁止令⁉

次の日。

学校から帰るなり、わたしはまっすぐ自分の部屋に向かった。

（はぁ、広海ちゃん、今日もメル友の話たくさんしてたなぁ……アオイさんに頼まれたイラストも、明日送りますすって言ったのになにも描けてないし……）

ぼんやり考えながらリビングを横切ろうとしたら、

「いっちゃん」

ママに呼び止められた。

「ちょっと話があるから、ここに座って」

わたしは、ぎくりと足を止める。

いつも鼻歌まじりでゴキゲンなママの声が、みょうに低い。

こういうときは、ぜったい、怒られるとき……！

（なんだろう!?　心当たりなんてない……）

……いや、あった。

この前、夜ふかしをしてパソコンをしてるところをママに注意されたけど……あの話かな？

ま、まさか、ソライロのことがバレたわけじゃないよね!?

たらりと背中に冷や汗が伝うのを感じつつ、わたしは、おそるおそるテーブルについた。

ママは一呼吸置いて、しずかに口を開く。

「今日、ＰＴＡのお仕事で学校に行って、丸子先生に会ったんだ……いっちゃん、小テストの成績が悪かったんだって？」

（あ……その話か……）

ソライロのことじゃなくてひとまずホッとしたけど、ママからの無言のプレッシャーに、すぐさまビシッと姿勢を正す。

「ご……ごめんなさい」

わたしは観念して、ランドセルにかくしていたひどいテストをママにわたした。

「ん〜……点数が悪いことを怒るつもりはなかったんだけど、さすがにこの点数はねぇ……」

頭をかかえるママ。

（うん。やっぱりその点数は、マズイよね……）

反省して、勉強もやらなきゃだなぁ。

うぅ、考えなきゃいけないこといっぱいで大変……！

なんて思っていた、矢先だった。

――ママの口から、衝撃の言葉がとびだした。


「しばらく、パソコンで遊ぶのを禁止しようと思います」


その言葉の意味が、すぐには理解できなかった。

「…………え？」

「あ、それから携帯も」

「ええ～～～～～っ⁉」

さけびながら、やっと頭が追いついた。

パソコン、禁止⁉

そんなことになったら、動画づくりができなくなっちゃうよ！

あわててテーブルに身を乗り出す。

「い、いきなり禁止なんてひどいよ！　せめて、次のテストまで待って！」

「これはね、パパと相談して決めたことなの。このところ、夜ふかしして遊んでるでしょ？」

「うっ……じゃあ、もう夜は使わないから！」

「ううん、ダメ。今までは、パパも『一歌を信じてまかせよう』って言ってたし、学校の勉強をちゃんとやっているようならママも大目に見ようと思ってた。でも、ここまで成績が下がっちゃうと、さすがにね。あまりパソコンにのめりこむのも心配だし、依存症にでもなったら大変だもの」

依存症なんて……。

そんな風になるわけない！　って言い返したかった。

たしかに最近は、動画サイトやネットサーフィンにハ

ソライロ♪ネットマナー

危険！「依存症」に気を付けろ！

先生：コウスケ

友だちとのやりとりや、ネットサーフィンしていると、気が付けばめちゃくちゃ時間が経っていた…なんてこと、みんなもあるよな？　だけど、何事も節度を保つことがカンジン！　熱中も行き過ぎると、ネットがなくちゃ落ち着かない、イライラしちまう…なんて「ネット依存症」になっちまう。勉強や部活に影響が出るだけじゃなくて、睡眠不足で体調悪化、視力低下、成長ホルモンが出なくなって身長が伸びなくなることも！　*2015年警視庁の調査によると、高依存とされる小学生は2・7%。だけど中学生になると26・5%と一気に跳ね上がってる。自分のためにも、使い方を考えないとな！

*警視庁「子供の携帯電話やインターネット利用について」〈http://www.keishicho.metro.tokyo.jp/kurashi/higai/kodomo/survey_h26.html〉2017年10月20日アクセス

マって夜ふかししちゃってたけど……もともとパソコンを使ういちばんの目的は、デジタルイラストを描くため。

携帯だって、ソライロのみんなとの連絡以外には、ほとんど使ってない。

「わたし、べつに変なことして遊んでるわけじゃないもん……」

「じゃあ、夜遅くまで何をしてるの？」

「それは……」

口ごもると、ママの目が鋭くなった。

「変なサイトを見たりとか勝手に買い物したりとか、そういうことはしてないって信じてる。でも、好きなことをしたいのなら、きちんと、すべきことはしないとね」

いつになく強い口調だった。こうなると、ママはパパよりこわい。

わたしはぎゅっと奥歯を食いしばって、必死に頭を回転させる。

(どうすればいい？　ソライロの活動のことを言うわけにはいかないし……)

「ちなみに、禁止令解除の条件は、けっこう厳しめにしました。今度の一学期まとめテストで、全教科90点以上！　おまけなし！」

「きゅ、90点!?」

声が裏返る。

もはや、頭をかかえるしかない。

だって……そんなのぜったいムリだよ！

もともと勉強はあまり得意じゃなくて、国語以外は、復習をがんばってなんとか平均点をキープしてるくらいのレベルなのに……っ！


「……どうしよう」

ママに、「友だちに『しばらく返事できない』って連絡させて！」って泣きついて、なんとか携帯だけは確保して自分の部屋に入った。

パソコンはすでにコンセントが没収されてしまったから、ママのお許しが出るまでは、電源を入れることすら不可能……。

足下がフワフワして、これが現実という実感があまりわいてこない。

ただ、心の中は黒い霧に覆われたみたいに、モヤモヤと重苦しくなっていた。

「そ、そうだ……ソライロのみんなに連絡しなきゃ！」

絶望につつまれる気持ちをなんとか奮い立たせて、グループトークにメッセージを送る。

いっちー『どうしよう！　テストでひどい点とって、パソコン使用禁止になっちゃった！』

つづけてメッセージを書いているうちに、みんなから返事が届く。

Rii『えっ!?　それは大変ですね……💧』

コウスケ『パソコン禁止ってことは、いっちー、絵の仕上げできねーじゃん！　コンテストはどうするんだ!?』

コウスケ先輩の言葉が、グサリと胸に突き刺さる。

そうだよ。せっかく、コンテストにむけてがんばろうってときなのに！

（あぁ、わたし、またみんなに迷惑かけちゃうんだ……！）

唇をぎゅっとかみながら、いそいでメッセージをつくった。

連続で、次々に送る。

いっちー『ごめんなさい！　携帯もダメだから、しばらく返事もできなくなるかも！』

いっちー『でも、次のテストで巻き返せば禁止令は解除してもらえることになったから！』

いっちー『テストがあるのはコンテストのしめきりより一週間くらい前！』

いっちー『なにがあっても、ぜったい、コンテストに葉マニア』

あっ！　あわてすぎて途中で送っちゃった！

しかも、ヘンな誤変換しちゃってるし〜っ！

（あ〜、もうっ！　えっと、えっと……！）

部屋の中を行ったり来たりしながら、アタフタと書き直しの文を打っていた——そのとき。

アオイ『大丈夫だよ、落ちついて』

とくん
アオイさんのメッセージが目にとびこんできた瞬間、手の震えがぴたりと止まる。
さあっと、心の中にやさしい風がふいて。
パニックになっていた頭が、スーッと冷静さをとりもどしていくのがわかった。
（そうだ……落ちつかないと、みんなにちゃんと伝わらないよね）
まずは深呼吸。
すーはー、すーはー

自分の呼吸を意識できるくらい落ちついてきたところで、あらためてメッセージを送る。

いっちー『コンテストには間に合わせます。みんなといっしょに、ぜったいコンテストに参加したい！　また迷惑かけちゃうけど……信じて待っていてもらえませんか？』

アオイさんのおかげで、自分がいちばん伝えたかった気持ちを、ちゃんと言葉にできた。

（ありがとうございます、アオイさん……）

フゥ、と息をついて返事を待つ。

アオイ『わかった。とりあえず、いっちーさんは勉強に集中してほしい。コンテストの動画はいっちーさんが後から合流しても間に合うように、三人で準備をすすめておくよ』

三人で……か。

さみしい響きに、胸がキュッとしめつけられる。

……けど、今はしかたないよね。

コウスケ『よし、オレらにまかせて勉強がんばれ！　パソコンをとりかえすんだ！』

Ｒｉｉ『いっちーさん、ファイトです！』

いっちー『みんな、ありがとう！　テストの結果が出たらすぐ連絡します！』


「……はぁ」

メッセージのやりとりを終えたとたん、勝手にため息が出た。

パソコンと携帯が使えないということは、デジタルでイラストを描けないだけじゃない。

こうやって、ソライロのみんなと連絡もとれなくなるってことなんだ。

（テストまでは二週間。コンテストのしめきりは十九日後か……）

カレンダーを見つめて、日にちを数える。

テストをクリアーしても、わたしが動画づくりに使える時間は数日。

短い時間で納得できるものを描くのは、かなり大変だと思う。

（そのうえ、もし……万が一、テストがダメだったら……）

考えたくないけど、最悪の事態になった、そのときは……。

みんなには、わたし抜きでも動画をつくって、コンテストに参加してほしい。

ソライロにとって、注目される大きなチャンスになる大事なコンテスト。

今回を逃したら、次にいつチャンスがくるかわからないし。

(だけど……もし、わたし抜きでつくった動画が入賞したら……超ヘコむだろうなぁ〜)

みんなに、「あれ？　いっちーいらなくない？」とか思われたらどうしよう……っ！

ピロリーン♪

絶望に頭をかかえていたら、ふたたび携帯が鳴った。

画面を見たとたん、ドキッと息をのむ。

(えっ、アオイさんから!?)

どうしたんだろう、ついさっきやりとりは終わったはずなのに……。

ドキドキしながら開く。


アオイ『最後にひとつ。この前頼んだイラストの件、まだ覚えてるかな？　もし何か描けたら、テストの後でいいから送ってほしい。

僕はいっちーさんの絵が好きだ。ひとまず三人ですすめるけど、キミが戻ってきてくれないとソライロの動画は完成しないと思ってる。おたがい少しの間さみしいけど、次にあつまったときに心おきなく動画づくりに打ちこめるよう、今は我慢だ。いっしょにがんばろう』

読みながら、うれしさで胸が爆発しそうだった。

（アオイさんに……わたしの絵を好きって言ってもらえた！）

不安な気持ちはキレイさっぱりふきとんで、沈みきっていた心が一気に浮上する。

アオイさんって、本当に不思議。

わたしが何かに悩んでいるときや、落ちこんでいるとき、きまってアオイさんが連絡をくれて。

その言葉に、いつも背中を押されてるんだ。

いっちー『ありがとうございます！　わたし本気でがんばります！　あと、イラストもかならず送ります！　待っていてください！』

お礼のメッセージを送ると、わたしは「よし！」と気合いを入れた。

勉強、がんばるぞ〜っ！

7　とつぜんの告白宣言

――ところが、それから数日。

「終わった……！」

わたしは血の気の引いた顔で、机に開いた算数の教科書に釘付けになっていた。

まとめテストの範囲になっている、さいしょのページ。

なんとその一問目から、さっぱりわからないっ！

復習をサボっただけで、まさかここまでついていけなくなってるなんて～っ！

「やっぱ90点なんてムリだよぉ～～！」

「あきらめるな一歌っ！　気合いだ！　気合いでなんとかなる！」

「ならない～～～！」

涙目になりながら、頭をワーッとかきむしる。

ユキちゃんの応援はうれしいけど、わからないものはわからないもん！

このままだと、90点どころか50点もキビシイかも!?

思っていた以上のヤバさに、先行きがとーっても不安になる。

アオイさんと、「がんばる」って約束したのに……!

「せめて、70点だったら望みもあるのになぁ」

「でも、ママと約束しちゃったんでしょ？　禁止令解除するには、がんばるのみじゃん！」

「うん。それはわかってるけど……」

落ちこむわたしに、ユキちゃんは困ったようにほほをポリポリとかく。

「まぁ……でもさ。好きなこと思いっきりやるのって、むずかしいよね」

ふと、ぽつりとこぼすユキちゃん。

「あたし、四年生のとき無茶な練習して腕の骨折ったことあってさ。はじめてスタメンにえらばれた直後だったから、『意地でも試合に出る！』って泣いてうったえたんだけど……」

「えっ。骨が折れてたのに、試合に出ようとしたの？」

びっくりして聞き返す。

「うん、気合い入れりゃどうにかいけると思って！　あたし、サッカー命だし！」

いやぁ、骨折は、さすがに気合いでどうこうなるものじゃないんじゃ……。

そんなことを考えてたら、ユキちゃんがため息をついた。

「でも、けっきょく親に止められて……そのとき学んだんだ。『サッカーを好きなだけやるには、自分の体をちゃんと管理しなきゃいけないんだ』って。だから今は監督に自主練メニュー提出して、ムリのない範囲でやるって決めてる。――一歌の動画づくりも、いっしょじゃない？」

「えっ……？」

おどろいて、思わず目を見開く。

「パソコンのやりすぎで成績下がったり、目が悪くなったり、睡眠時間がへったり……そりゃ親も心配するよ。好きなことだからこそ、まわりに心配かけないようにルールを決めて、自分の責任でやってくしかないんだよね」

ユキちゃんの言葉が、グサリと胸にきた。

そっか。わたし、好きなことに夢中になりすぎてまわりが見えなくなってたかも。

自分の部屋にパソコンがあって、携帯も持ってて、っていうのが当たり前になってたけど……友だちに聞くと、どっちも自由に使えないって子も多いんだよね。

ママはわたしを信じて使わせてくれてたのに、その信頼を裏切っちゃったんだ……。

後悔が押しよせてきて、しゅんと肩を落とす。

でも、厳しい条件をつきつけてきたママの気持ちがわかって、少しスッキリした。

「ありがとう、ユキちゃん。こうなったからにはもう、がんばるしかないもんね！」

「そうそう！　不可能なんてないって！」

わたしの肩をポンポンたたくユキちゃんの笑顔に、どん底に落ちていた心が少し軽くなる。

いつも思うけど、ユキちゃんって自分の考えや意見をしっかり持ってて、すごい。

しかも口だけじゃなくて、それをちゃんと実行できるんだよね。

わたしとは考え方や行動力もぜんぜんちがうけど、だからこそ相談すると、新しい発見ができたり元気をもらえたりする。

わたしも、見習わなきゃ！

「でも、短期間で成績上げるとなると、一歌ひとりで勉強してたんじゃちょっと厳しいよね……あっ、そうだ！　いいこと思いついた！」

ユキちゃんが、ぽんと手を打つ。

「いいこと？」

「フッフッフ、まだナイショ。期待して待ってていいよ！」

ニヤリ、自信ありげに笑みを浮かべて、ユキちゃんは元気よく教室をとびだしていった。

（な、なんだろう……？）

ほんのちょっぴり不安を感じつつ、ユキちゃんが走っていった方を見ていたら、

「あっ！　おはよう、一歌ちゃん！」

広海ちゃんと樹里ちゃんが連れだって登校してきた。

ふたりはまっすぐわたしの席に駆けよってくる。

「じつは、ビッグニュースがあるの！」

うきうきした表情の広海ちゃん。

「なんだろう？」と首をかしげていると、広海ちゃんはキョロキョロとまわりを確認してから、
こそっと小さな声で言った。

「じつは……来週の土曜日、カレに『会おう』ってさそわれちゃったの！」

カレ？　会おう？……って。

「えぇっ!?」

つい大声でさけんだわたしに、「しーっ！」と注意する広海ちゃん。

わたしはあわてて両手で口をふさぐ。

広海ちゃんは下を向いて、手をもじもじとさせはじめた。

「初デートだけど、できれば、告白したいなって思ってて……」

え〜っ!? ここ、告白っ!? コウスケ先輩に!?

今度はちゃんと心の中でさけんだ。

それと同時に……頭の中に浮かんだのは、りーちゃんの顔だった。

(まさかこんなに早く二人が会うことになるなんて! それも告白!? 広海ちゃんのことは応援したいけど、りーちゃんが傷つくことになるかもだし……!)

だめだ。広海ちゃんになんて声をかけていいのかわからないよ。

この沈黙をなんとかしてほしくて、樹里ちゃんに視線を送る。

(……あれ?)

わたしは、ふと首をかしげた。

いつも広海ちゃんの横できゃあきゃあ騒いでる樹里ちゃんが、今日はおとなしい。

どうしたのかなと思ってたら、樹里ちゃんが口を開いた。

「……でも、いくら相手が上着をかけてくれたやさしい人といっても、メル友といきなり一対一で会うのって、危ないと思うな〜……樹里、ついていこっか?」

「えっ、やだ! 樹里がいたらはずかしくて告白なんてできないよ」

本気でブンブンと首をふる広海ちゃん。

それでも樹里ちゃんは食い下がる。

「じゃあ、一歌ちゃんだったらどう？　それか、ユッキーとか～」

「一歌ちゃんもユキも、仲良しだもん！　仲のいい子に自分が告白してるところなんて見られたら、私、はずかしくて生きてけないよ！」

「それなら、逆にそんな仲よくない子に……」

「ダメ！　メル友と会うこと先生にチクられたら困るし！　ひとりで行くってば！」

「え～。心配だなぁ～……」

浮かない表情の樹里ちゃん。

（そっか。樹里ちゃん、広海ちゃんのことが心配なんだ……でも、そうだよね。わたしは相手がコウスケ先輩って知ってるけど、樹里ちゃんにとってはナゾの人なんだから）

ふたりのやりとりを見ていたら、ふいに広海ちゃんが隣のクラスの子に呼ばれて、廊下へ出て行った。

そのタイミングを待っていたかのように、樹里ちゃんがガシッとわたしの手をにぎる。

「一歌ちゃん。樹里、やっぱりろみちゃんをひとりで行かせるの、心配だよ」

樹里ちゃんはいつものフワフワした笑顔じゃなく、硬い表情で言った。

「樹里、ろみちゃんとは一年生のときから仲良しだから、わかるの。ろみちゃんって好きな男の子のことになると浮かれちゃって、まわりが見えなくなるんだ。メル友のカレは、いちおう、危ないサイトとかで出会った人ではないけど……それでも、万が一ってこともあるでしょ？」

意外な一面に、ちょっとびっくりする。

樹里ちゃんといえば、いつも広海ちゃんの後ろにくっついてニコニコしてて、あんまり積極的に自分の意見を言うタイプじゃないのに。

友だちのことになると、こんなに一生懸命なんだ。

樹里ちゃんの素敵なところを知れて、心がじーんとあったかくなった。

「それでね。一歌ちゃんにお願いがあるんだけど……」

……ん？　わたしに、お願い？

首をかしげるわたしに、樹里ちゃんは、こそこそっと耳打ちをする。

「…………ええっ、冴木くん!?」

「し〜〜〜っ！」

力いっぱいのシーッに、あわててあやまる。

でも……ワケがわからないよ!?

「だってね。もし相手が悪い人だったときに、ろみちゃんのこと守ってくれそうで、そのうえ、おもしろがって言いふらしたりしない人って考えると、冴木くんしかいないと思うの！」

あ……。

わたしは両手で口を押さえる。

（それ、前にわたしがソライロの顔合わせへの付きそいをおねがいしたときと、同じ理由だっ！）

にがーい気持ちがあふれてくる。

いざ第三者になってみると、自分がどれだけ無茶なおねがいをしてたか、身にしみてわかった。

冴木くん、あのときは本当にごめんなさい……！

「ホントは樹里がおねがいに行かなきゃいけないと思うんだけど、樹里、冴木くんの前だと緊張しちゃって、うまく話せないんだ……一歌ちゃん同じクラブだし、前に係もいっしょにやってたでしょ？　頼んでみてくれないかな？」

「う〜〜ん……」

「広海ちゃんにバレないように、遠くから見守ってもらうだけでいいの！　もし広海ちゃんにバレちゃったときは……あ、もちろん冴木くんにも、樹里のせいにしていいから！　だから、ね、おねがい！」

樹里ちゃんの真剣な表情に弱りきってしまい、わたしはポリポリほほをかく。

樹里ちゃんが広海ちゃんを大切に思う気持ちは、すごく伝わってきた。

でも、「相手はコウスケ先輩だから心配しなくても大丈夫だよ」とは言えないし。

だからといって、冴木くんに迷惑をかけるのも気が引けるし……。

悩みに悩んだ末に、口を開く。

「わ、わかった。ひとまず聞くだけ聞いてみるね」

「本当!?　ありがとう、一歌ちゃん！」

樹里ちゃんは、ぱあっと笑顔になって、にぎったわたしの手をブンブン振る。

（はぁ〜、つい引き受けちゃった……）

冴木くんに話しかけるのって、けっこう勇気がいるんだよね。

前よりはニガテ意識も減って、ふつうに話せるようにはなってきたけど……それでもやっぱり、冴木くんって何を考えているのか、まだまだよくわからないし。

それよりなにより、冴木くんは超がつくほどモテ男子。

ふたりでしゃべってるところを、他の人に見られないように気をつけなきゃ……。
ううっ、悩みが多すぎて頭の中がぱんぱんだよっ！

8　図書室で勉強会

休み時間にちょっとずつ勉強をすすめながら、あっというまに放課後になった。

ちなみに勉強は、ぜんぜんはかどってない。

(時間経つの、はやいなぁ……)

このままで、本当にテストに間に合うのかな？

つい足取りが重くなりながら、わたしは「いいこと思いついた」というユキちゃんからもらったメモを手に、ひとり廊下を歩いていた。

ユキちゃんはくわしいことは教えてくれなくて、「図書室の一番奥の席に座って、目の前にいるヤツにこのメモを渡してね！」とだけ言ってたけど……。

(このメモ、なんなんだろ？　それに、〝目の前にいるヤツ〟って？)

わたしは首をかしげつつ、親友のユキちゃんを信じて図書室へむかう。

「……あっ！」

ちょうど階段にさしかかったところで、冴木くんにばったり会った。

「ん。まだ残ってたんだ」

言いながら、冴木くんはそのまま通り過ぎようとする。

冴木くんはひとり。まわりに人はいない。

（チャーンス！　広海ちゃんのこと、頼んでみよう！）

わたしは小走りで冴木くんに追いついて、横に並んだ。

「あの、冴木くん。ちょっといいかな？」

冴木くんはいぶかしげに首をひねったあと、こくりとうなずいた。


「——それで、来週の土曜日、午後三時に春風駅前の広場で待ち合わせるんだって」

事情を話すと、おそるおそる冴木くんの様子をうかがう。

冴木くんはいつものとおりクールな表情で、何を考えてるのかはわからない。

「あの…………ダメ、かな？」

「うん。ダメ」

「えっ？」

想像以上のアッサリとした返事に面食らって、思わずぽかーん。

「だって、相手が秋吉のサークルの仲間なら危なくもないし、俺が行く必要ないでしょ」

それだけ言って、冴木くんはさっさと階段をのぼっていった。

引き留めることもできず、わたしはその場に立ち尽くす。

(やっぱり、そうなるよね……)

冴木くんにとっては、ただ面倒なだけだもん。

わたしがソライロの顔合わせに付き合ってほしいって頼んだときは、たまたま冴木くんも出かける用事があったからだって言ってたし。

それでも、友だちを心から心配してる樹里ちゃんの気持ちを考えるとなぁ……。

頭を悩ませながら、トボトボと階段をのぼって、図書室へ。

そのまま、一番奥の席に座る。

(………あ、そうそう。それで、前の席の人に……)

ふと顔を上げて、ぎょっとする。

(さ、冴木くん!?)

さっきのこともあいまって、思わずさけびそうになったけど、なんとかこらえた。

冴木くんは冴木くんで、両手で本を開いたまま、目の前に座るわたしをまじまじと見ている。

（そうだ！　このメモを渡すんだっけ！）

はっと思い出して、そろ〜り、テーブルの上をすべらすようにしてメモをわたす。

「………………」

冴木くんはだまったまま、わたしの顔とメモを交互に見て。

そっと、メモを開いた。

「…………タケのやつ」

ボソッとつぶやく冴木くん。

タケって……うちのクラスの武宮くんのことかな？

武宮くんはサッカークラブ所属で、冴木くんとけっこう仲がいいんだよね。

わたしは声をひそめて、質問をする。

「あの……なんて書いてあったの？」

「読んでないの？」

「うん。ユキちゃんから渡されただけだから」

冴木くんは、困ったように眉をひそめる。

「……簡単に言うと、俺に、秋吉の家庭教師になれってさ」

「えっ!?」

ポリポリと頭をかきながら、冴木くんはメモを見せてくれた。

『奏太へ
すまん！　和泉にＰＫ対決で負けてこのメモを書かされている！
まとめテストまで秋吉の勉強を見てほしいそうだ！
男として、約束をやぶるわけにはいかない！
てなわけでおれとの友情にめんじてヨロシク！
武宮竜より』

ユキちゃんの「いいこと思いついた」って、こういうことだったんだ……！

居心地の悪さに、わたしはぎゅっと体をちぢめた。

「あの、ごめん……迷惑だよね、こんなの」

ユキちゃんが心配してくれたのはうれしいけど、いくら困ってるからって、無関係の冴木くんを巻きこむなんて申し訳ないよ。

あわてて席を立とうとして………思いとどまる。

（でも……テストの成績がよくならなかったら、ソライロのみんなとコンテストに参加できなくなる……わたし、それだけはぜったいにイヤだ！）

冴木くんは、学年の中でトップレベルの成績。

家庭教師として、これほど心強い人は他にいないもん！

わたしは意を決して、冴木くんと向き合った。

「あのね。じつは今、家でパソコン禁止令を出されちゃってるんだ。でも、まとめテストで全教科90点以上とれば解除してもらえることになってて……今度の恋うたコンテスト、わたし、ぜったい参加したいの。勝手なお願いだけど、どうか、わたしに勉強をおしえてください！」

ぺこりと頭を下げて。

下げたまま、ドキドキと返事を待つ。

（お願い、冴木くん……！）

しばらくして、フゥと小さく息を吐く音がした。

「俺、ここで本読んでるから。わかんないとこあったら言って」

ぽつりと言った冴木くん。

わたしはおどろいて顔を上げる。

「いいの!?」

「あと、ついでにさっきの話も。俺が引き受けたって、戸沢に報告していいよ」

「え？」

さっきの話って……樹里ちゃんから頼まれた、広海ちゃんの待ち合わせのことだよね？

「冴木くん、引き受けてくれるの？」

「実際に行くかどうかはわかんないけど……もし俺に断られたって伝えたら、戸沢はたぶんべつの人を探すでしょ。そしたら、秋吉もまたややこしいことに巻きこまれるかもしれない。今は、勉強の時間確保するのが第一なんじゃない？」

冴木くんの言葉に、「たしかに！」と納得する。

広海ちゃんが会うのはコウスケ先輩だから、見守らなくったって、危険はないんだもんね。

樹里ちゃんにはウソをつくことにはなっちゃうけど……冴木くんの言うとおり、今は一秒でも長く勉強に集中したい！

「ありがとう、冴木くん！……でも、どうしてそんなに助けてくれるの？」

急いで教科書をとりだしながら、ふと気になって聞いてみた。

勉強を教えてくれるのは武宮くんとの友情のためだろうけど、広海ちゃんと樹里ちゃんのことは、冴木くんにとっては面倒なだけのはずなのに……。

不思議に思っていると、冴木くんは本に目を落としながら、サラリと言った。

「ソライロの新作動画が見られなくなると、俺、困るんだよね」

「あ……」

そっか！　冴木くん、前にも「ソライロの動画楽しみにしてる」って言ってくれてたもんね！

ソライロの動画が好きだから、冴木くんはわたしのことを助けてくれる。

間接的にだけど、ソライロのみんなが力を貸してくれてる気がして、心強くなった。

（よし、がんばろうっ！）

わたしは気合いを入れて、目の前の教科書に意識を集中させた。

まずは、ニガテな算数。

特につまずいていたのが「分数のかけ算・わり算」で、逆数とか、小数と分数がまざった計算とかが出てくると、すぐ頭がパニックになっちゃってたんだけど……。

「――で、答えは『1／2』ってこと」

「な、なるほど……！」

今まで暗号のように見えていた数式が、するっと頭に入ってくる。

すごい！　冴木くんの説明、すっごくわかりやすい！

計算するときのちょっとしたコツも教えてもらったから、これで計算ミスも減らせるかも！

「俺、次の本探してくる。下の練習問題解いてて」

「うん！」

冴木くんのおかげで、練習問題は四問ともすらすら解けた。

(よかった。この感じなら、本当に90点も夢じゃないかも……)

ホッと一息ついて、ん～っと伸びをする。

放課後の図書室は、すごく静かだ。

図書委員の当番の子がカウンターに座って本を読んでいる他には、だれもいない。

遠くに聞こえる鳥の鳴き声。窓の外を見ると広い空が目に入ってきて……。

——とつぜん、頭の中に曲が流れだした。

アオイさんが聞かせてくれた、まだ歌詞のない新曲のメロディー。

(アオイさん、いま、どうしてるのかな……)

もし高校生だとしたなら、部活の時間？

それともわたしみたいに、学期末のテスト勉強中かな？

作詞は、うまくいってるのかな……？

だけど、どんなに気になっても、アオイさんにメッセージを送ることはできないんだ。

そう思うとさみしくて、胸がしめつけられるように苦しくなる。

顔も、声さえも知らないのに。

アオイさんの存在が、わたしのなかで、どんどん大きくなってる気がする……。


「秋吉？」

冴木くんの声に、われにかえる。

「あ……や、やだな、わたし。ボーッとしてた」

あわてて教科書に意識をもどす。

(だめだめ、今は勉強に集中しなきゃ！)

そう思った矢先。また、頭にメロディーが浮かぶ。

今度はソライロじゃなくて……「幻のS」。

アンエス結成前につくられた曲、『ヒマワリ』だった。

なんで、今、この曲が……？

（あっ……！）

冴木くんの顔を見たとたん、あることを思い出して、はっと息をのむ。

わたしは近くに人がいないのをしっかり確認してから、そっと声をひそめた。

「前に冴木くんがピアノで弾いてたのって、もしかして、『ヒマワリ』って曲じゃない？」

冴木くんは、大きく目を見開いた。

わたしは声のボリュームを下げたままつづける。

「わたし、パソコン禁止される前まで、アンエスってサークルの動画を見るのにハマっててね。調べたら、そのアンエスが結成前につくった曲があったんだって。ネットでサビの部分だけ見つけたんだけど、その曲と似てたような……」

「――あのさ」

ガタッ
とつぜん、冴木くんが席を立った。

「今日はもう終わりにしよう。俺、帰るから」

わたしはドキリと体をかたくする。

どうしよう！　勉強に集中しないで雑談ばかりしてたから、怒らせちゃった⁉

「ご、ごめんね、冴木くん！　もうムダにしゃべったりしないから！」

あわてて立ち上がると、冴木くんは怒って……というより、少し困ったようにふりかえった。

首の後ろをさわりながら、目で、ちらりと窓の外をしめす。

「いや、そうじゃなくて………たぶん、秋吉にお客さん」

（お客さん……？）

不思議に思いながらも、その視線の先をたどっていくと——、

（えっ……⁉）

わたしは反射的に窓際へと駆けよった。

校門の横に、ソライロのりーちゃんが立っていた。

9　リイコとコウスケ

冴木くんにお礼を言って、大あわてで校舎をとびだした。

遠目に見てもわかるくらい不安そうな表情をしているりーちゃん。

わたしは校門をめざして、全速力で走る。

「りーちゃん！」

駆けよりながら声をかけると、りーちゃんは、ぱっとこちらを向いた。

「いっちーさん！　まだ帰っていなかったのですね！　よかったぁ……」

心からホッとしたような笑顔。

パソコン禁止令でみんなと連絡がとれなくなってまだ数日だけど、ずいぶんひさしぶりな感じがして、わたしもうれしくなった。

「いきなり来ちゃって、ごめんなさい。びっくりされましたよね？」

「びっくりしたけど、会えてうれしい！　ちょうどいま、テスト勉強してたところだったんだ」

「そ、そうだったのですか。やっぱり、ご迷惑かけちゃいました……」

りーちゃんは眉をハの字にして、しゅんとうつむく。

「えっ、迷惑なんかじゃないよ！　りーちゃんと会えて、本当にうれしいよ！」

わたしが否定しても、りーちゃんはうなだれたまま。

いつもとちがう雰囲気に、胸がざわつく。

「……そうだ！　あっちに公園があるから、そこで話さない？」


校門の前じゃ落ち着かないと思って、学校の近くにある緑道公園に案内した。

ここは遊具がないし、公園というより散歩道って感じだから、いつも静かなんだ。

あいてるベンチを探して、ふたりでならんで座った。

「ここまで来るの、大変じゃなかった？」

だまりこんでいるりーちゃんに話しかける。

りーちゃんが住んでる春風市から、ここ晴天市までは、電車で二十分くらいかかるんだ。

それにりーちゃんだって、今日は学校があったはずだよ。

「いっちーさんが晴天小ということは以前おしえていただいたので、ネットで行き方を調べて、電車とバスを乗り継いで来ました。今日は授業が五時間目までだったので、急げば間に合うかもしれないと思って……」

その答えに、「へ～っ！」と感心してうなずく。

りーちゃんって、ほんとしっかりしてるよね。

わたしだったら、ひとりで別の町の学校に行くなんて、ぜったいムリだなぁ……。

「ところで、コンテストの動画制作ですが……じつを言うと、あまりすすんでいないのです」

ふいに、りーちゃんが切り出した。

「えっ、そうなの？」

「はい。歌詞ができないことには、レコーディングも絵コンテもなかなか……」

「そっか……アオイさん、まだ歌詞ができてないんだ」

心配で胸がうずく。

いつも、わたしたちを頼もしく引っぱってくれるアオイさんなのに……。

「アオイさん、なにかあったのかな？」

「さぁ、そこまでは……私もいつでもとりかかれるように準備はしていますが、基本的に動画師の仕事は、歌詞、音源、イラストがそろわないと、できることは限られてしまいます」

りーちゃんの言葉に、うっと息がつまる。

「迷惑かけてほんとーにごめんね！」

「い、いえ、そんなつもりで言ったのでは！　仲間ですから、困ったときはおたがいさまです」

あわてたように、手をぱたぱたさせるりーちゃん。

「げんに、私も自分勝手な理由で、こうしてとつぜん押しかけてしまったわけですし……」

「自分勝手な理由？」

わたしがキョトンとしていると、りーちゃんは顔を赤くしてうつむいた。

「そ、その、今日来たのは…………コウちゃんのことで、いっちーさんにお話を聞いてほしいな
と思って……」

コウスケ先輩。

その名前に、ドキリと息をのむ。

「それって……もしかして、広海ちゃんとコウスケ先輩のこと？」

りーちゃんは、小さくうなずいた。

ふぅ、と息をついて、ゆっくり話しはじめる。

「コウちゃんと出会ったのは、私が、五歳のときでした――」


当時の私は、両親が心配するほどのひどい人見知りで。

友だちもできず、家でずっとゲームをしているような子どもでした。

そんなある日、おとなりの家に、新しい家族が引っ越してきたのです。

男の子の三兄弟。とてもにぎやかでしたが、ひとりっ子の私にとっては少しこわくて。顔を合わせることがないように逃げまわっていました。

ただ、ひとつだけ楽しみなこともありました。

毎日、夕方になると、おとなりから歌声が聞こえたのです。

まるで天使のように綺麗なその声が、私は大好きで。

こっそり庭に出て、塀の陰にかくれて聴くのが日課になっていました。

――しかし、あるとき、とうとう気づかれちゃったんです。

「よっ！　おまえ、いつもそこできいてるだろ！　オレのファンか？」

七歳のコウちゃんでした。

今と変わらない人なつっこい笑顔。

その頃の私は、年上の子、それも男の子とおしゃべりをしたことすらなかったので、その場から一目散に逃げようとしました。

けれども、すぐに呼び止められて。

「おい、待った！　モンスターウォッチのゲームもってる？　対戦しよーぜ！」

――大好きな「ゲーム」と聞いてはだまっていられず。

私は家から携帯ゲームを持ってきて、コウちゃんと通信対戦をしました。

コウちゃんはゲームが弱くて、私、あっさり勝っちゃって。

「また負けたぁっ！　おまえチビのくせに、なんでそんなつえーんだよ!?」

コウちゃんは負けるたびに、「もう一回！」って。

私はずっとひとりでゲームをしていたから、だれかと顔をつきあわせていっしょにゲームをするのは生まれてはじめてでした。

だけど……自分でもびっくりするくらい、本当に本当に楽しかった。

「そうだ！　今度、オレのにーちゃんたちと対戦してみろよ！」

ふと、思いついたようにコウちゃんは言いました。

コウちゃんのお兄さんとは、一度もおしゃべりしたことがありませんでした。

「で、でも……りいこ、しらないひととおはなしするの、ニガテだから……」

私は急に心細くなって、首を横にふりました。

でも。

そのとき、コウちゃんが笑って言ったんです。

「ふーん。でも、オレとはすぐ仲よくなれたじゃん！」

――それは、ぱあっと目の前がひらけるような発見でした。

たしかに、今まさに、男の子とおしゃべりができている。

それが自分でも本当に不思議で……すごくうれしかった。

「ニガテなことがあるのは悪いことじゃねーけど、できそうなことまでやろうとしないのは、自分にシツレイだぞ？　自分の可能性を自分でつぶしてることになるんだから」

「じぶんのかのうせい？」

「おう！　くやしいけど、おまえはゲームの才能あるよ！　背はオレのが勝ってるけどな！」

くしゃくしゃっと、頭をなでられて。

胸が、きゅんって熱くなって。

昨日までの自分では考えられなかった気持ちがわいてきました。

「あっ、あの……！」

コウちゃんの目をまっすぐに見て、私は勇気をふりしぼって言いました。

「また、いっしょにあそんでくれる？」

すると、コウちゃんも私の目を見て、ニッと笑いました。

「いいぜ！　とくべつに、オレの妹にしてやるよ！」

話を終えると、りーちゃんはまた、小さく息をついた。

「コウちゃんのおかげで、私はそれまで知らなかった世界をたくさん知ることができました。動画投稿や、ソライロと出会えたのも……。おおげさに聞こえるかもしれませんが、コウちゃんは私の人生を変えてくれた、大切な存在なんです」

話をするりーちゃんを見ていて、確信した。

りーちゃんの想い。

わたしは少し迷ってから、その質問を口にする。

「あの……りーちゃんは、コウスケ先輩のことが好き、なの？」

りーちゃんは苦しげに眉を寄せて、目を閉じる。

「たぶん、そうなんだと思います」

ゆっくり、たしかめるような口調。

「……でも、コウちゃんは私のこと、妹としか思ってないですから」

さみしげに笑うりーちゃん。

今まで見たことないその表情に、わたしまでせつない気持ちになる。

ふたりは、小さい頃からいっしょにいた幼なじみ。

たしかにわたしも、ふたりを「兄妹みたい」って感じることはあったけど……。

「それは、コウスケ先輩に聞いてみないとわからないよ。りーちゃんが気持ちを伝えたら……」

「いえ。私は、今のままでいいと思っているので」

わたしの声をさえぎるように、りーちゃんは語気を強めて言った。

その言葉の意味がわからなくて、声が出なくなる。

それってつまり……りーちゃんは自分の気持ちを伝えるつもりはないってこと？

「……もし私が告白なんてしたら、コウちゃんはぜったいに困ると思うし。ソライロの活動にも支障がでると思うんです。コウちゃんもソライロも、私にとっては同じくらい大切です。どちらも、ぜったいに失うわけにはいきません」

わたしは唇をぎゅっと結んで、耳をかたむける。

りーちゃんの気持ち、わかるような気がした。

わたしも、前にユキちゃんとソライロのことでケンカしたとき、「ソライロもユキちゃんもどっちも大事。どっちかなんてえらべない！」って思ったから。

でも……今伝えないと、手遅れになっちゃうかもしれない。

だって、もし広海ちゃんとコウスケ先輩がうまくいったら、りーちゃんは自分の気持ちを知ってもらえないまま、失恋することになるんだ。

それって、すごく辛いんじゃないかな？

わたしはしばらく考えた末に、今日、広海ちゃんから聞いたことをりーちゃんに打ち明けた。

「広海ちゃんとコウスケ先輩が会う約束をしたって、知ってる？」

りーちゃんが目を見開く。

「来週の土曜日だって。広海ちゃんは、コウスケ先輩に告白するつもりだって言ってたよ。りーちゃん、自分の気持ちを伝えなくて、本当にいいの？」

りーちゃんは、また苦しそうに顔をしかめた。

だけど、すぐに何かをふりきるように首を横にふって、前を向く。

「私は、コウちゃんにずっと笑顔でいてほしいです。だから、もし広海さんとおつきあいすることになっても……コウちゃんが決めたことなら応援したい！　これは、ウソいつわりのない本心です！」

きっぱりとした口調に、もう、何も言えなかった。

ただ……何度も見せたりーちゃんの辛そうな表情が、頭から離れない。

「私、自分の気持ちをだれかに聞いてほしくて。でも、こんな話できるの、いっちーさんしかいないから……今日は、ありがとうございました」

りーちゃんはそう言って、ぱっと笑みを浮かべる。

「あ、そうだ。もしご迷惑でなければ、いっちーさんのおうちの電話番号をおしえていただけませんか？　動画の進行状況に変化があったらご報告しますのでっ！」

不自然なほど明るくふるまうりーちゃん。

その気遣いをふいにできなくて、わたしもせいいっぱい明るく笑い返した。

「……わかった！　メモに書くからちょっと待ってて！」


家に帰っても、その日は、勉強がさっぱり手につかなかった。

(わたしに、何かできることはないのかな……？)

背もたれにもたれかかって、ぼんやり天井を見上げる。

りーちゃんがあんなに辛そうな顔をしているのに、わたし、何も言えなかった。

ユキちゃんは、わたしが「アオイさんを好き」なんて言ってたけど……わたしはまだ、想像のなかでしか〝恋〟を知らないんだって思い知る。

（同じ恋でも、人によって、ぜんぜんちがうんだな……）

恋をする広海ちゃんはすごく楽しそうなのに、りーちゃんは、とても辛そうで……。

「恋って、なんなんだろう……？」

コンテストのしめきりが迫ってきてるのに、〝恋〟が、ますますわからなくなっちゃったよ。

10　デート当日の大騒動

――そして。あっというまに、運命の土曜日がやってきた。
今日はついに、コウスケ先輩と広海ちゃんが会う、デートの日。
つまり、広海ちゃんと、りーちゃん。ふたりの恋の運命が決まる日……。
昨日の夜はなかなか寝付けなくて、すっごく寝不足で。
本当はもうひと眠りしたいな～とか思ったり。
もう三日後はテストだから、さすがに今日は勉強しなきゃダメだよね～って思ったり。
思ってた、はずなんだけど……。
（き、来ちゃった………）
わたしはナゼか、駅の構内を行き交う人混みのすみっこで頭をかかえていた。
（気になりすぎて、春風駅まで来ちゃったよ～～～っ！）
心の中でさけびながら、髪を思いっきりくしゃくしゃにする。

だって、ドキドキして、家になんていられなかったんだもん！

ここまで来ちゃったからには、ゴチャゴチャ悩んでてもしょうがない。

何ができるってわけでもないけど、ひとまずコウスケ先輩か広海ちゃんの姿を探してみよう。

（待ち合わせ場所は駅前の広場だったよね。東口と西口、どっちだっけ……？）

案内板を探してソワソワとあたりを見回す。

ドンッ
「あっ、ごめんなさい！」

よそ見してたら、だれかにぶつかっちゃった！

とっさにあやまりながら後ろをふりかえって――大きく目を見開く。

「さ、さ…………冴木くんっ!?」

なんでここに!?

わたしが言う前に、冴木くんが口を開く。

「やっぱり。秋吉はおせっかいだから、来るんじゃないかと思った」

冴木くんはブルーのヘッドホンを外しながら、いつものクールな表情でわたしを見る。

その視線に、ぎくりと背筋が冷えた。

「あっ、あの、これは、その……盗み見ようとか、そういうつもりはぜんぜんなくてっ！　ただ、心配で、いてもたってもいられなくて……」

早口で言い訳をならべるけど、どんどん声が小さくしぼんでいく。

そっか、わたしが今からしようとしてることって、「盗み見」になるんだよね……。

コソコソと友だちのデートの様子を見に来た自分の行動が急にはずかしくなって、罪悪感で胸がいっぱいになる。

「俺は、たまたまこの駅に用事ができたから、ついでに寄ってみたんだ。——さすがに、さらにもうひとり来てるとは思わなかったけど」

冴木くんの言葉に首をかしげる。

「ん？　もうひとりって？」

不思議に思ってキョロキョロすると、数メートル先にある人影に目がとまった。

黒いキャップにサングラスという、なんだか怪しい格好の女の子……？

「…………えっ!?　もしかして、りーちゃん!?」

わたしがさけぶと、女の子の肩がビクッと跳ねた。

サッとこっちを見て、そのままフリーズする。

「い、いっちーさん……」

アワアワしながらサングラスを外したその子は、思ったとおり、りーちゃんだった。

あわてて近づいていくけど、りーちゃんは顔を真っ赤にしてうつむいたまま、目を合わせてくれない。

「えーっと……き、奇遇だね……」

「そそ、そうですね……」

「…………」

「…………」

な〜んて、奇遇なわけないよね！

りーちゃんもきっと、わたしと同じ。いてもたってもいられなかったんだ。

なんだかいたたまれない気持ちになって、わたしたちは向かい合ったまま、しばらくもじもじとだまりこんでいた。

――そのときだった。

「なにやってんだ？　おまえら三人もそろって」

とつぜん聞こえた声。

りーちゃんと同時に横を向いて……。

（ええぇ〜〜〜〜っ!?）

わたしは声にならないさけびをあげた。

だって、そこに立っていたのは――――コウスケ先輩だったから！

「えっ!?　じゃあ、ろみちゃんって、いっちーの友だちなのかよ！」

事情をすべて正直に話すと、コウスケ先輩は目をまんまるにしておどろいた。

もちろん、りーちゃんの気持ちのことは言わなかったけど。

となりにいるりーちゃんは、うつむいたまま、ひたすらだまりこんでいる。

「広海ちゃんからの恋愛相談を受けてるうちに、相手のメル友がコウスケ先輩だって気づいたんです。でも、なかなか話すタイミングがなくって……」

「待て。てことはまさか、オレのメール見た？　オレがなんて名乗ってるかは……？」

「えっと……『アオイ』、ですよね……？」

コウスケ先輩は頭をかかえて天を仰いだ。

「は〜、マジかよ……オレ、超かっこわりーじゃん！」

苦々しい表情でだまりこむコウスケ先輩。

沈黙に困って冴木くんに目線を送ってみたけど、冴木くんは小さく肩をすくめるだけ。

コウスケ先輩は、しばらく何か考えこむようにじっと天井を見つめて。

ふいに、ぽつりとつぶやいた。

「……やっぱ、会うのやめようかな」

「えっ……？」

会うのをやめる？

唐突な発言におどろいて、わたしはまじまじとコウスケ先輩の顔を見た。

コウスケ先輩は遠くを見るように上を向いたまま、言葉をつづける。

「さいしょは軽い気持ちで……『王子さま』とか言われて浮かれてたっつーか、ちょっとかっこつけたくてさ。『アオイさんならこう言うだろうな』ってイメージしながらメールを書いてたんだ。……でも、だんだんウソの自分になってメールするのが辛くなってた」

小さなため息。

広海ちゃんの笑顔が頭をよぎって、胸がチクリと痛む。

「ろみちゃんとのメールは楽しかったけど……本物のオレと会ってもゲンメツされるだけだろ。

だから、会わないほうがおたがいのためだよ」

何を言ったらいいのかわからなかった。

わたしも冴木くんも、りーちゃんも。そこにいる全員が口をつぐんで、しずかな沈黙が流れる。

あんなに楽しみにしていた広海ちゃんのことを思うと、「会ってほしい」って思うけど。

りーちゃんの気持ちを思うと、このまま黙ってたほうが……。

「――それは、ちがうと思います」

沈黙をやぶる声は、となりから聞こえた。

わたしはおどろいて横を見る。

そこには、ぴんと背筋を伸ばし、しっかり前を見るりーちゃんがいた。

「今日がくるまでに断るチャンスはいくらでもあったはずです。それでもコウちゃんが今ここにいるのは、『会いたい』って思ったからでしょう？　今のコウちゃんは、ぜんぜんコウちゃんらしくないです。言い訳して、自分の気持ちから逃げようとしているように見えます」

コウスケ先輩は面食らったように口をあけている。

それは、わたしも同じだった。

だって、りーちゃんが今から言おうとしてることって……。

「アオイさんもおっしゃっていたじゃないですか、『大勢の心を動かすには、歌い手がどれだけ感情をこめて歌えるかが大事だ』って。人の心を動かす歌手になりたいと言っているコウちゃんが自分の気持ちから逃げるなんて……そんなの、自分にシツレイです！」

震える手で、スカートの生地をぎゅーっとにぎりしめて。

必死に涙をこらえるその姿は、見ているだけで胸が痛くなった。

ただ……わたしには、どうしてもわからなかった。

りーちゃんは、なんで、コウスケ先輩の背中を押したの？

そんなことをしたら、本当にふたりがつきあ

うことになるかもしれないのに……。

「……リイコの言うとおりだな」

コウスケ先輩が、ぽつりと言った。

その目には、さっきまでとは別人のように力強さが戻っている。

「さすが、オレの妹！　いいこと言うじゃねーか！」

ぽんっ
りーちゃんの頭をなでる、コウスケ先輩の手。

りーちゃんは、今にも泣き出しそうに口をぎゅっと結んで。

それから、ニコリと笑みを浮かべた。

「いってらっしゃい、コウちゃん」

「サンキュ！　行ってくるわ！」

笑顔で駆けだすコウスケ先輩。

その背中を見つめるりーちゃんの横顔から、わたしは目を離すことができなかった。

モヤモヤとしたものが、心の中を渦巻いている。

「これでよかったの？　りーちゃん」

「はい……たくさん考えて、決めたことなので」

りーちゃんはわたしの問いかけに、こくりとうなずいた。

「私は、夢を全力で追いかけているコウちゃんが好きです。キラキラして、まぶしくて……だから、ソライロの動画師としていっしょに夢を追いかけられる今のままで、じゅうぶん幸せなんです」

ズキンッ
涙をかくして笑うその表情に、胸がはりさけそうになる。

りーちゃんが今日ここへこっそり来たのは、コウスケ先輩が広海ちゃんに会いに行くのを止めたいって気持ちを、捨てきれなかったからじゃないのかな？

でも、りーちゃんはやさしいから、自分ひとりが傷つくことをえらんだ。

つらい気持ちをかくして、迷っていたコウスケ先輩を笑顔で送り出したんだ……。

（りーちゃん……）

ズキズキと胸が痛くて、ギュッと唇をかむ。

だけど……きっとわたしなんかよりずっと、りーちゃんの心の方が痛い。

大好きなりーちゃんのこんな顔……わたし、もう見たくないよ！

「――やっぱりわたし、行ってくる！」

「えっ？　いっちーさん!?」

「だって、今伝えなかったら、ぜったい後悔するよ！」

わたしはりーちゃんを残し、走り出した。

（コウスケ先輩に伝えなきゃ……！）

あんなにまっすぐで、純粋なりーちゃんの想いを！

案内板を見上げて、出口を確認。

（広場があるのは…………東口っ！）

「――待って」

ガシッ
いきなり、後ろから腕をつかまれた。

「えっ……!?」

おどろいてふりかえる。

冴木くんが肩で息をしながら、わたしを見つめていた。

（な、なんで止めるの？　はやくしないと、間に合わないかもしれないのに……！）

わけがわからなくて、ぽかんとその瞳を見上げていると。

冴木くんは呼吸を整えて、しずかに口を開いた。

「秋吉が今からしようとしてることは、あの子の気持ちを踏みにじることになるよ」

11　恋のゆくえ

わたしは息をのんで冴木くんの目を見つめる。

（気持ちを踏みにじる……？　ちがうよ、わたしはりーちゃんだけが傷ついて、辛い思いをするのが嫌で。だから、なんとかしたいと思って……）

心の中で思うけど、声が出ない。

どきんどきんと、心臓が嫌な音をたててはりつめていく。

冴木くんはわたしから目をそらさないまま、落ちついた声で話しだした。

「彼の背中を押したのは、あの子が自分で決めたことだ。秋吉はあの子のことが本当に大切で、だから動かずにはいられないんだろうけど……今は、ぜったい行くべきじゃない」

冴木くんの言葉が、ズシリと胸の奥にひびく。

（でも……じゃあ、どうすればいいの？）

体の横で、ぎゅうっとこぶしをにぎりしめる。

恋愛経験ゼロのわたしには、りーちゃんが、どうしてあんな決心をしたかわからない。

どんな言葉をかけたらいいのかも、わからないんだ。

大好きな友だちのために何もできないなんて。そんなの、つらいよ……。

うつむいていると、冴木くんが言葉をつづける。

「秋吉だって本当はわかってるはずだよ。たとえだれかに反対されることでも、うまくいかなくて苦しくても。悩んで、悩みぬいて自分で出した答えなら、後悔せずにつきすすめるってこと。

……だってそれって、恋だけじゃなくて、夢も同じことだから」

「夢も……？」

意外な言葉におどろいて、わたしは顔を上げた。

「たとえば……もしテスト結果がダメでパソコン禁止令が解かれなかったら、秋吉はたぶん、自分ぬきでもコンテストに参加してほしいと思うんじゃない？　さみしいけど、それ以上にソライロの仲間に迷惑がかかる方が嫌だから。……それなのに、もし俺が勝手に秋吉のお母さんに会いに行って、『秋吉はソライロの絵師だから、パソコン使わせてあげてください』って言ったら
……どう思う？」

「あ……」

熱くなっていた頭が、スッと冷静になった。

わたしは冴木くんの目を見つめて、じっと耳をかたむける。

「俺はソライロで絵師としてがんばってる秋吉を応援してる。だから、『まわりにはヒミツにしたい』って秋吉の気持ちを無視して、だれかに言いふらしたりは、ぜったいにしない」

胸がちくりと痛む。

冴木くんの言うとおりだ。

今わたしがコウスケ先輩にりーちゃんの想いを伝えたりしたら、たくさん悩んで答えを出したりーちゃんの気持ちを、踏みにじることになる。

それだけじゃない。勇気を出して告白しようとしている広海ちゃんや、会いに行く決意をしたコウスケ先輩のことも傷つけるんだ。

(「伝えない」。それが、りーちゃんの〝決意〟なら……)

今、わたしがすべきことは、ひとつ。

ひとりで辛さを我慢してるりーちゃんが少しでも元気になれるように、そばにいる。

それだけしかできないのは本当につらいけど。りーちゃんのことが大好きだからこそ、その気持ちをいちばんに大切にしたい……。

『コウちゃんが決めたことなら応援したい』
そう言ったりーちゃんの気持ちが、やっと、少しわかった気がした。
「ありがとう。わたし、大切な人たちを傷つけずにすんで……本当によかった」
じわりと、目の奥が熱くなる。
このままだと泣き出してしまいそうで、ぐっと息を止めてうつむく——と。
ぽんっ

頭にあたたかさを感じた。

「そんな顔してちゃ、あの子も心配するよ」

やさしく髪をなでられて、びっくりして顔を上げる。

冴木くんの目はとてもおだやかで、見ていると、心が落ちついてくる。

「秋吉って不思議だよね。ふだんはおとなしいのに、友だちのこととなると、人が変わったみたいに大胆になる。前にも、和泉とつかみあいのケンカしてたし」

「あっ……あれは、つかみあいというか、つねりあいというか……」

ごにょごにょ口ごもりながら、はずかしくて顔が熱くなる。

ちょっと前にユキちゃんとケンカしたとき、たまたま冴木くんに見られちゃったんだよね。

「秋吉って、意外と武闘派？」

「そ、そんなことないよ！　ない、はず……だと思うけど」

あのときは、とっさに手が出ちゃったんだよね……。

「あはは、そこは否定すればいいのに」

声を上げて笑う冴木くんを見てたら、わたしも自然と笑顔になっていた。

ううん……笑顔にしてもらったんだ。

「うん。いい笑顔」

満足そうにうなずく冴木くんに、心がぽっとあたたまる。

「本当にありがとう、冴木くん」

わたしはもう一度お礼を言って、冴木くんと別れた。


そのまま、すぐにりーちゃんのもとへもどる。

りーちゃんはさっきと同じ場所に、ひとりで立っていた。

「りーちゃん……ごめんね。わたし、勝手に変なおせっかいしようとして……」

りーちゃんは笑顔で首を横にふって、わたしの手をとった。

「いいえ。そんな風に親身になって私のことを心配してくれて……うれしいです！」

そのあたたかい手のひらに、きゅうっと胸がしめつけられた。

鼻の奥がツンとする。

（わ、わたしが泣いてどうするの！　笑顔でりーちゃんを元気づけないと！）

涙を必死にこらえて、りーちゃんの手をぎゅっと強くにぎる。

だけど、上手く言葉が出てこない。

するとわたしのかわりに、りーちゃんがゆっくりと話しはじめた。

「……アオイさんからはじめていっちーさんのイラストが送られてきたとき、いきいきとした人物の表情に目を奪われました。そして、思ったんです。『この絵を描いた人は、きっとふだんからまわりの人にやさしいまなざしをむける方なのだろうな。いっしょに動画をつくれたらうれしいな』って。だから私、いっちーさんと仲間になれて……仲良くなれて、いま、幸せなんです」

りーちゃんはわたしを見つめたまま。

涙をためた瞳を、そっと細めた。

「私が今いちばんそばにいてほしいのは、いっちーさんです」

12　ひとつぶの涙

「家にいらっしゃいませんか？」というお言葉に甘えて、わたしはりーちゃん家におじゃました。

りーちゃんの部屋でいっしょにゲームをしたり、動画を見たり。

おたがいに今日のことには触れなかったけど、楽しく時間が過ぎていって。

自然に笑うりーちゃんを見て、わたしも少しホッとしていた。

――ところが、一時間くらいが経ったころだった。

ピンポーン
とつぜん鳴ったインターホン。

「はい……………えっ!?」

受話器の画面を見たりーちゃんが声をあげる。

不思議に思ってわたしも見に行くと……。

「えっ!?」

思わず声が出た。

画面に映ってるのは――コウスケ先輩!?

『おーい、リイコ！　いっちーもいっしょか？　ちょっと話したいことがあるんだ！』


しばらく待っていると、ドアをノックする音がした。

りーちゃんの肩がビクッと跳ねる。

りーちゃんはノックに応えることもできず、その場でオロオロとするばかり。

そんなりーちゃんに代わって、わたしは急いでドアを開けに行った。

「コウスケ先輩。あの……はやかったですね」

「おう！　向こうの最寄り駅まで送って、すぐ帰ってきたからな」

「え？」

首をかしげていると、コウスケ先輩はずんずんと部屋をすすんで、ソファーに座った。

(送って、すぐ帰ってきたって……どういうこと？　広海ちゃんとのデートは？)

混乱しながら、わたしもコウスケ先輩のいるソファーに座る。

コウスケ先輩は頭をポリポリかきながら、決まり悪そうにうつむいた。

「んー……まぁ、簡単に言うとだな。オレはふられました」

わたしは面食らって、ぽかんと口を開く。

いよいよ、意味がわからないよ！

ふられた!?

だって、広海ちゃんはメル友のコウスケ先輩に夢中で、告白するってはりきってて……。

ちらりとりーちゃんを見ると、ドアのそばに立ったまま、ボーゼンとしてる。

「えっと……どういうことなんですか、コウスケ先輩？」

「うん……じつはオレ、正直に話したんだ。自分とはちがうキャラをつくってメールしてたことも、歌の練習のために『恋をしよう』と思ったことも。あと……こんなオレだけど、ろみちゃんとのメールは本当に楽しかったって」

コウスケ先輩が、しゅんと肩を落とす。

「それで……広海ちゃんは、なんて？」

「『会って話してみて、私も自分の理想を押しつけてたことに気づいた。もうメールはやめましょう』って……だからまぁ、これでよかったんだよな。うん」

コウスケ先輩は自分を納得させるように、何度もうなずく。

（そっか。広海ちゃんも、ちゃんと自分で答えを出したんだ）

それがわかって、ちょっぴりホッとする。

りーちゃんと、コウスケ先輩と、広海ちゃん。

三人がそれぞれ納得して、こういう結果になったんなら……。

「けどやっぱ、なんつーか………ちょっとさみしい、かな」

コウスケ先輩がつぶやいた。

「あの日電車で、塾のかばんかかえて眠ってるろみちゃんを見たとき、『こんな風にがんばってる子を元気づける歌を歌いたいな』って思ったんだ。だから上着をかけてあげた。お礼のメモをもらったのも、スゲーうれしかった……もう一回会ってみたいって思った気持ちも、ウソじゃなかったんだ。……ウソついてふられといて、今さらこんなこと言うのもかっこわりーけど」

へへっと情けなさそうに笑って、鼻をこするコウスケ先輩。

すると――それまでだまっていたりーちゃんがツカツカとこちらへやってきて、コウスケ先輩の前に立った。

「かっこわるくなんてないです！」

めずらしく強い口調だった。

「きちんと自分の気持ちと向き合って、ありのままの自分を相手に見せたコウちゃんは……とてもりっぱです！」

その瞳から、ぽろりとこぼれた雫。

泣いてるところを見て、こんなことを思うのは少し後ろめたいけど……とてもキレイで。

わたしは息をするのも忘れて、じっと、りーちゃんのことを見上げていた。

「……さんきゅ。リイコ」

ポロポロ涙を流すりーちゃんに、コウスケ先輩がほほえみかける。

「やっぱオレは夢に生きるしかねぇな！　もっと練習して、アオイさんの曲を歌うのにふさわしい歌い手にならねーと！」

ニカッと笑うコウスケ先輩。

その笑顔につられるように、りーちゃんも自然と笑顔になる。

（あ……！）

そのとき。

頭の中に、はっきりとしたイメージが浮かび上がった。

片思いをしていて、せつなくて苦しくて。

だけど、どんなときも輝きを失わない、キレイな瞳をしている女の子。

――りーちゃんをモデルにした、女の子の絵を。

家に帰って、すぐにイメージをスケッチした。

まだ歌詞のないアオイさんの新曲と重ね合わせながら、ありったけの想いをこめて。

最近は勉強ばかりしてたから、机で絵を描くのはずいぶんひさしぶりな気がする。

(よし、描けた！　けど……)

問題は、このラフを、どうやって送るか。

パソコンは使えないから、スキャンはムリ。

携帯も没収されてるから、写真を撮って送るのもダメだ。

でも、なるべくはやくソライロのみんなに……アオイさんに見てほしい！

りーちゃんとコウスケ先輩には会えたけど、まだ、アオイさんとは連絡をとれないままだから……。

（アオイさん、歌詞、書けたのかな？）

アオイさんと話したい想いがこみあげて、胸が、きゅんとせつなく震える。

携帯が使えなくなって、アオイさんと連絡がとれなくなって、ずっとさみしかった。

でも……それだけじゃなくて。

アオイさんのことを考えてるときは、不思議と胸の奥がほんのりあたたかくなるの。

それはわたしにとって、すごく特別で、大切な気持ち。

（だからぜったい、この絵をアオイさんに見てもらうんだ）

だってアオイさんは、わたしの絵を「好き」って言ってくれた。

もし、まだ歌詞が上手く出来ていないなら、この絵が……わたしの絵が、アオイさんの手助けになるかもしれない！

どうにか方法はないかと悩んで――ふと、ひらめく。

（……そうだ！　学校のパソコンルーム！）

月曜日。

わたしはラフを描いた紙を持って、家を出た。

今日はクラブ活動の日じゃないけど、顧問の先生に頼めばカギを開けてもらえるはず。

(問題は、あの大きい複合機の使い方が、いまいちわからないんだよね……)

ぼんやり考えながら下駄箱で靴をはきかえていたら、広海ちゃんと樹里ちゃんに会った。

「あ、おはよう一歌ちゃん！……ちょっといい？」

広海ちゃんはまわりに人がいないのを確認して、こそっと声をひそめる。

「メル友のカレだけどね……お別れしたんだ」

とっさに、「うん、そうらしいね」って言いそうになって、あわてて口をつぐむ。

あぶなかった！　広海ちゃんはわたしがデートの裏側を知ってること、知らないんだ！

(でも、自分からふったとはいえ、あんなに楽しそうに話してた「恋」が終わっちゃったんだもん。きっと、広海ちゃんも落ちこんでるよね……)

「私ね、漫画みたいな恋にあこがれて、理想の王子さま像をカレに押しつけちゃってたんだ。話してみると理想とはぜんぜんちがったし、いい人だったけど、ドキドキはしなかったの」

「だってろみちゃん、ほんと理想高いんだもん〜」

樹里ちゃんがチャチャを入れる。

「それは樹里もでしょ！　でも、むこうも気持ちを正直に話してくれたし、失恋してショックっていうより、今はスッキリしてるんだ！　一歌ちゃんにはちゃんと報告しておこうと思って。いろいろ相談にのってくれてありがと！」

晴れやかな表情の広海ちゃんに、つい面食らう。

あれ？　落ちこんでるどころか、むしろ前より元気そう!?

失恋したのに……？

わけがわからなくて、両手で頭をかかえた。

あ〜、ダメだ！

わたしやっぱり、〝恋〟ってよくわかんないっ！


放課後になるのを待って、パソコンルームに向かった。

先生に「忘れものをした」って言ったら、意外とあっさりカギを貸してくれたんだ。

学期末が近いからか先生たちも忙しそうで、放課後は机から離れられないみたい。

（この絵を送ったら、わたしもすぐ勉強に戻らなきゃ！）

パソコンルームにある複合機のスイッチを入れて、紙をセットする。

（えーっと……スキャンしたデータをパソコンにとりこむ設定は……？）

ピッピッといろんなボタンを押してみるけど、なかなか思うようにできない。

どうしよう。あんまり時間がかかると、先生が怪しんで見に来ちゃうかも……！

「ん～、ダメだ。これもちがう……」

「なにしてんの？」

「この絵をスキャンしてメールで送りたいんだけど、やり方がわからなくて……」

話しながらふと違和感をおぼえ、目をぱちくり。

……わたしいま、だれと会話した？

ハッとしてふりむく。

「さ、冴木くんっ!?」

「貸して。俺、こういうの得意」

ビックリしてのけぞるわたしをよそに、冴木くんは迷いなく機械を操作していく。

そしてあっというまに、起動していたパソコンにデータが送られてきた。

「あ……ありがとう、冴木くん！」

よかった、これでアオイさんに送れる！

すぐにメールをつくって、送信！

本当は返事がくるまで待ちたいところだけど……今は我慢だ！

わたしはパソコンの電源を消して、席を立った。

「本当にありがとう、助かったよ！」

「うん。じゃ、行こっか」

「え？」

行くって、どこへ？

首をひねるわたしに、冴木くんは苦笑い。

「図書室だよ。最後の追いこみ、しなくていいの？」

わたしは「あっ」と声をあげた。

「冴木くん、今日も勉強見てくれるの？」

「乗りかかった船だし。それに……やっぱり俺は、ソライロの絵師でがんばってる秋吉を、もっと見てたいから」

どきんっ
冴木くんの言葉がすごくうれしくて、一気にやる気がみなぎってくる！
（よ〜〜〜し、がんばるぞ〜〜〜〜っ！）

冴木くんに付き合ってもらって、下校時間ギリギリまで図書室で勉強して。

家に帰っても、部屋にこもってずっと勉強。わきめもふらずに教科書に向かう。

テストは、泣いても笑っても、もう明日だ！

コンコン
ふいにノックの音がして、ドアが開いた。

「勉強中にごめんね。いっちゃんに電話よ〜、キヨフジさんって子から」

キヨフジ……？　って、りーちゃん!?

びっくりしたけど、そういえば、前に番号をおしえたことを思い出す。

「もしもし、りーちゃん？」

『いっちーさん、こんばんは。いま、お時間大丈夫でしょうか？』

「うん、平気だよ！　何かあった？」

『あの……一昨日は本当にありがとうございました。いっちーさんがそばにいてくれて、本当に心強かったです！』

電話口のりーちゃんの声は明るい。

何かが吹っ切れたみたいなそんな声で、ホッとする。

『それから、さっきアオイさんからご連絡があって、ついに歌詞が完成しましたよ！』

「ホントに!?」

『コウちゃんがさっそく仮歌を録ったので、ぜひいっちーさんにも聴いていただけたらと思いまして！　アオイさん、いっちーさんが送ったイラストを見て、ひらめいたそうです！』

とくんと心臓が鳴った。

わたしの絵……アオイさんの役に立てたんだ！

とびあがりたくなるほどのうれしさが、体中をかけめぐる。

『では、かけますね！　タイトルは「メッセージ」です！』

ごくり

息をのんで待っていると、受話器から曲が流れだす。

『今はただ　このままでいい
夢見る瞳に　わたしがいなくても
となりで見上げる空が　こんなに綺麗だから
わたしもきっと　同じ色になれる』

歌詞を聴いているあいだ、ずっと、ドキドキが止まらなかった。
(アオイさんに、ちゃんと伝わってたんだ！)
わたしが、あの一枚の絵にこめた想い。
せつない片思いの中にいても、瞳を輝かせて前を向く、強い女の子のストーリー。
言葉にしなくても、アオイさんはわかってくれた！
それが、本当にうれしかった。
『最後に、アオイさんから伝言です！』
曲が終わってすぐ、りーちゃんが言った。
『――かならず四人で完成させよう』
四人で……！

わたしはあふれる気持ちのまま、受話器に向かって、「はい!」と返事をした。
(待っててね、アオイさん、ソライロのみんな!)
あとは、テストをクリアーするだけだ!

13　運命のテスト結果

火曜と水曜の二日間にわけて、五教科のテストが終了。

テストが返ってくるのを待つ間は、新曲、『メッセージ』の挿絵を考えて過ごした。

みんなに相談できないぶん、思いつく限りの構図やシーンの下絵をどんどん描いて、パソコンを使えるようになったらすぐに仕上げにとりかかれるように準備した。

――そして、木曜日。

「はーい。テスト返すよー」

先生の声に、ぎゅっとこぶしをにぎる。

今回のまとめテストは、たしかな手応えがあった。

勉強も今までていちばんがんばった自信があるし、解けなかった問題もない。

五教科、オール90点超え……きっと、クリアーできてるはず！

「秋吉さん」

先生に名前を呼ばれて、「はいっ」と、立ち上がる。
「今回はよくがんばったね！　ハナマルですっ！」
にっこり笑うまるちゃん先生。
期待に胸がはずんで、急いで席に戻る。
すーはーすーはー、呼吸を落ち着けて……。
（……よしっ！）
意を決して、答案用紙を一枚ずつめくっていく。
国語……95点。
社会……90点。
算数……93点！
（やった！　ニガテな算数、クリアーだ！）
最大の関門を突破したよろこびに心を躍らせて、一気に残りの紙をめくる。
英語、92点！
さいごは…………。
（えっ……？）

そこには、信じられない、信じたくない数字がならんでいた。

何度まばたきしても目をこすっても、その点数が変わることはない。

理科……84点。

全教科90点、クリアーできなかった。

まさかの結末に、目の前がまっ暗になっていく……。

(そ、そんな………!)

「一歌！　テストどうだった!?」

チャイムが鳴ってすぐ、ユキちゃんが声をかけてきた。

ユキちゃんは机に並べっぱなしのわたしの答案用紙を見て、サッと顔を曇らせる。

「……で、でも、たった6点じゃん！　五教科全部でこんなにいい点数とるってホントすごいし、一歌はがんばったよ！　6点くらいなら、ママだってオマケしてくれるよ、きっと！」

「どうだろう……うちのママ、約束事だけは頑固だから……」

つぶやきながら、回らない頭で必死に考える。

いざとなったら、ユキちゃん家のパソコンを借りて仕上げをする？

それともアナログで仕上げまでしちゃって、りーちゃん家に郵送するとか？

いろいろ浮かぶけど、卑怯な方法に逃げようとしている自分が嫌で、悲しくなってくる。

「わたし、トイレ行ってくる……」

ユキちゃんに言って席を立った。

教室を横切って、ドアから外へ出ようとしたとき。

「あ……」

ちょうど、廊下から教室にもどってきた冴木くんと目が合った。

気まずさで声が出ない。

（せっかく、冴木くんが勉強つきあってくれたのに……）

下を向いて横をすり抜けようとしたら、「待って」と呼び止められた。

とっさに立ち止まるけど、冴木くんをふりかえることはできない。

「……テストの結果、ダメだったの。勉強つきあってくれたのに、ごめんね」

しぼりだすように言うと、声が震えた。

そんな自分が情けなくて、鼻の奥がツンと痛む。

「――あきらめるの？」

どきん

おどろいてふりむくと、冴木くんは、じっとわたしを見つめていた。

何も言わず、まっすぐ、力強いまなざしで。

なんだか責められているような気持ちになって、とっさに目をそらす。

(……そんなこと言われたって、しょうがないよ。ダメだったんだから)

そう心の中で反論する自分も嫌で。

わたしはうつむいて、その場から逃げ出した。


ぼうぜんとしたまま、とぼとぼと家に帰る。

ものすごく気が重いけど……また、かくすわけにもいかない。

「……ただいま。今日、テストが返ってきたよ」

わたしはママに、今日返ってきたテストをわたした。

ママはだまって一枚ずつ確認したあと、悲しそうに眉を下げた。

「いっちゃんが勉強がんばってるの知ってたし、禁止令、解除してあげたかったんだけどなぁ」

「あっ、あの……どうしても、ダメ?」

最後の望みをかけて、おそるおそる聞いてみる。

すると、ママはすっと表情をひきしめてわたしを見た。

「どうしてもって言うなら、ママが納得できる『理由』を説明して」

「理由……？」

「いっちゃん、ママにかくしてることあるでしょ？　どうしてそんなにパソコンが使いたいのか。ちゃんと説明をして、ママを納得させられる？」

ごくりと唾をのみこむ。

究極の選択を迫られている気がした。

ママにすべて打ち明けて、わかってもらえる方にかけるか。

それとも、ソライロのことは隠したまま、新しい「禁止令解除の条件」を出してもらって、それをクリアーするまで絵師を休むか……。

(……そうだよ、ネットで出会った仲間と動画投稿をしてるなんて、言えないよ……！)

震える手を、ぐっとにぎりしめる。

わたしたちの活動は、たぶん、大人にはわかってもらえない。

ネットは危険だって頭ごなしで。

パソコンは遊びだって決めつけて。

動画投稿のことを知られたら、無理やりソライロをやめさせられちゃうかもしれない。

そうなったら、二度とみんなといっしょに動画をつくれなくなる。

（……わたしは、これから先もずっとソライロで活動したい。みんなで、一〇〇万回再生の夢を果たしたい！）

だから……今回は、あきらめよう。

そう決めて、わたしは、だまって自分の部屋に戻った。

14　一歌の〝決意〟

一夜明けて。

今日は一学期、最後のクラブの日。

放課後、わたしはパソコンルームのいつもの席に座った。

（……みんなに、ちゃんと報告しなきゃ）

ウェブメールのアカウントにログインして、新規作成のボタンを押す。

みんなはわたしを信じて待ってくれてるんだもん。気が重いけど、はやく連絡しないと。

わたしはキーボードに手を乗せて、メールを打ち始めた。

『アオイさんへ
今、学校のパソコンからメールを送ってます。
テスト、ダメでした。禁止令解除は次のテストまで待たなきゃいけません。

親にソライロのことを言うわけにはいかないし、これから先も活動していくために、今回の動画は我慢することに決めました。わたしのイラストは抜きで完成させてください。

しめきりギリギリまで待ってもらったのに、ごめんなさい。

でも、わたしがいなくても、みんならきっとコンテストで入賞できるって信じてます！

ふたりには、アオイさんから伝えてくれますか？　よろしくお願いします』

何度も、何度も読みかえして。そっと送信ボタンを押した。

（今回だけは我慢だ。これからも絵師をつづけるためには、しょうがない……）

重苦しい気分をはきだすようにため息をついて、背もたれに背中をあずける。

そういえば、アオイさんにはじめてメールの返事を送ったのも、この場所だったっけ。

送るかどうかすごく迷ってて、まちがえて送っちゃって……。

あの日のドキドキした気持ちを思い出しながらボーッと待っていたら、一分もたたないうちに、受信ボックスに『新着メール』の表示がついた。

体をがばりと起こして、すぐに開く。

『テスト、そんなに悪かったの？』

アオイさん……。

目頭がじわりと熱くなるのをこらえつつ、返事のメールをつくる。

『一教科だけ6点足りませんでした。ママとは全教科90点以上って約束だったので……。

禁止されてるのは家のパソコンだから、他の場所で、たとえば友だちの家で借りて絵を描くっていうこともできるかもしれないけど……わたしはそういうズルをして描いたイラストを、大好きなソライロの動画に使ってほしくないって思うから。

だから……本当にくやしいけど、今回は我慢します』

震える手でマウスを動かして、送信。

少し待つと、また返事が送られてくる。

『わかった。いっちーさんが今回の動画に絵を描けないというんだったら、僕からムリに描けとは言えない。どうするか、最後はキミが決めることだから』

ズキン

アオイさんの言葉に、胸が強く痛んだ。

……わたし、勝手だな。

自分のほうから「今回はわたし抜きで」ってお願いしておきながら、受け入れてくれたアオイさんのこと「冷たい」って思うなんて……。

うつむくと、涙がこぼれ落ちそうになる。

(まだクラブ時間中だ。こんなところで泣いたら、まわりの子にヘンに思われちゃう……自分で決めたことなんだから。我慢。我慢しなきゃ……)

じっと息を止めて、体中に力を入れる。

でも。わきあがるくやしさは、どうにもならない。

歯を食いしばって、手のひらに爪がぎりぎりと食いこむくらい、強くにぎりしめる。

(本当は……テストをクリアーして、コンテストに参加したかった。みんなといっしょに、動画をつくりたかったよ……!)

ピロンッ
ふと、小さな音がした。

顔を上げると、『新着メール1件』の文字が目に入る。

（——えっ!?　アオイさん？）

なぜか、やりとりが終わったはずのアオイさんから、もう一通メールがきていた。

（な、なんだろう……？）

全身に入っていた力を少しだけゆるめて、ゆっくりと手を持ち上げる。

強くにぎりすぎていたせいで手のひらが痛むけど、それが気にならないほど、わたしの意識は目の前の新着メールに集中していた。

ドキドキしながら、そっと本文を開く。


『………っていうのは、建前で。ここからは僕の本音。

キレイごとはぬきにして、いっちーさんには、どんな手を使ってでも今回の動画に参加してほしいと思ってる』

どっくん
心臓が大きく震えた。

暴れ出す鼓動を服の上からおさえて、ゆっくり、メールを読み進める。

『今回、僕が歌詞を書くのに時間がかかったのは、「ぜったいに優勝してやる」っていう変な気負いがあったからなんだ。正直に言うと、&Sを意識してしまっていた。

でも、この前いっちーさんが送ってくれたラフを見て、目が覚めたよ。

僕の中で、音楽が、歌詞が、自然と響きだして。「自分の内側からあふれてくるこの想いを素直に表現すればいい」と気づいたら、あっというまに歌詞が書けた。

キミの絵をはじめて見たときも、そうだったんだ。

音楽から心がはなれかけていた僕に、キミの絵が、曲を書く楽しさを思い出させてくれた。

いまの僕がいるのは、キミがいてくれたおかげだ。

僕にとって、キミがいないソライロは、もう、ソライロじゃない。

だから僕は、最後の一秒まで、あきらめずにキミを待つよ』

こらえきれない想いがこみ上げてくる。
にじんでくる涙をごしごしぬぐって、画面をしっかり見据える。
アオイさんのメールには、最後に、こんな一文が添えられていた。
『キミもあきらめないで、目の前の壁に立ち向かう勇気を持ってほしい』

目の前の壁に立ち向かう勇気……。

わたしは目を閉じて、自分自身にといかける。

これから先もずっと、パパとママに、自分の「大好き」な気持ちをかくしたままでいいの？

わたしにとって、ソライロがどれだけ大切な存在かってこと。

みんなと夢を追いかけるためなら、苦手な勉強もめちゃくちゃがんばれること。

なにより——生まれてはじめて熱中できるものを見つけたってことを、伝えたい！

その先にどんな結果が待っていたとしても、あきらめずに伝えつづけるしかないんだ。

わたしはコンテストに参加したい。みんなといっしょに動画をつくりたい。

わたしを必要としてくれている、アオイさんの想いにこたえたい！

（それが……わたしの〝決意〟だ！）

しっかり気持ちを固めると、不思議なくらい心が落ちついた。

（ちゃんと伝えるために、できることは、ぜんぶやろう！）

わたしはランドセルからノートを引っぱりだして、一心不乱に「あること」を書きはじめた。

バターン！

玄関の扉をいきおいよく開けて、家の中に駆けこむ。

「ママ、ただいま！」

「あら、いっちゃん。おかえり～」

ママも、ちょうどパートの仕事から帰ってきたところみたいだった。

わたしは洗面所から出てきたママの手を引いて、テーブルに座ってもらう。

「ママに、話があるんだ」

ママは目をぱちくりしながら、イスに座った。

わたしも正面に座ってママと向かい合う。

どきん、どきん
耳元でひびく心臓の音。

怖じ気づきそうになって震える手を、ひざの上でぎゅっとにぎる。

（いつかは……いつかかならず越えなきゃいけない壁なんだ！）

スウッと息を吸って。

はき出す勢いで、思い切って口を開く。

「わたしね………ネットの動画サイトに、動画投稿をしてるの！」

目を見開くママ。

わたしは頭を整理しながら、今までのことを正直に話した。

わたしがパソコンを使って、動画の挿絵を描く「絵師」をしていること。

ソライロの動画に出会ったときのことや、ママにないしょで会いに行ったこと。

ソライロのみんなのこと。

そして、ソライロの動画も見てもらった。

ネットにあまり強くないママにとっては、わたしの話すこと全部が、かなりビックリだったみたい。

動画を食い入るように見ながら、ぽつりと、

「そう……これを、いっちゃんがね……」

とつぶやいた。

さえぎらずに話を聞いてくれるママに少し安心して、わたしは今の気持ちを打ち明ける。

「今までかくしててごめんなさい。理解してもらえずに禁止されるのがこわくて、言えなかったんだ」

でも、もうぜんぶ伝えよう。

胸にしまっておけないほどの、この想いを。

わたしはもう一度、大きく息を吸いこんだ。

「わたし、なにかにこんなに夢中になったの、はじめてなんだ！　ママには、パソコンでただ遊んでるだけに見えるかもしれないけど……わたしはいま、仲間といっしょに動画をつくるのが本当に楽しい！　だからどうしても、パソコンが使えなくなるのは困るの！」

ママの目を見て、一気に言う。

「もちろん、今までどおり好き勝手に使うわけにはいかないっていうのは、わかってる。夜ふかししたことも、成績が下がったことも、反省してる。だから……」

スッ
わたしは、紙を一枚さしだした。

「……マイルール？」

『パソコン使用マイルール表』と書かれたその紙を、ママはまじまじとながめた。

1．パソコンは夜八時まで、九時半にはベッドに入ること！

2. 携帯も夜九時以降は使わない！　時間になったらリビングのテーブルに置く
3. テストは常に平均点以上をキープする！
4. ネットで知り合った人と会うときは、かならずママに報告する
5. ルールを守れなかったときは、ママのＯＫが出るまでパソコン・携帯を使用禁止にする

さっき、クラブ活動の時間にノートに書いたの。

前にユキちゃんが言ってた、「好きなことだからこそ、まわりに心配かけないようにルールを決めて、自分の責任でやってくしかない」って言葉を思い出したんだ。

禁止令は、ママとパパがわたしを心配してのこと。

だから、ふたりが心配にならないような行動を、わたしが見せていくしかないんだ！

「明日しめきりの動画コンテストに、どうしても参加したいの！　このルールを守れなかったら、またすぐに禁止にしていい。一日だけでいいから、パソコン使わせてください！」

ママは、険しい表情でわたしの目を見る。

わたしもひるまず、まっすぐ見つめ返す。

しばらく、無言のにらめっこがつづいて……。

先に目をふせたのは、ママだった。

「……あのね。この町に引っ越してきたとき、いっちゃんの部屋にパパのお下がりのパソコンを置いたり、携帯も買ってあげたりしたでしょ？……じつはあれ、心配だったからなのよ」

「えっ？　心配？」

不思議に思って聞き返す。

「うん。いっちゃんが『前の学校の友だちと連絡がとりたい』って携帯をほしがったとき、パパと相談したの。いっちゃんは昔から友だちができるまでに少し時間がかかる子だったし、うちは引っ越しが多かったし。気の置けない友だちをつくるには、そういうコミュニケーションの方法も必要なのかなって思ってね」

そんな風に心配してくれてたなんて知らなかったから、うれしいようなはずかしいような、ちょっぴりヘンな気持ちになる。

ママはそんなわたしの心を見抜いたように、にこりとやさしく笑った。

「成績が下がって、『やっぱり携帯もパソコンも早かったかな』とも思ったけど……今のいっちゃんを見て考えが変わったわ。いっちゃん、目がキラキラしてる。素敵な仲間と出会えたのね」

どきんと、胸がはずんだ。

ソライロは、わたしの自慢の仲間。

その想いがママに伝わったのがうれしくて、わたしは力強く、こっくりうなずく。

ママもそれを見て、ゆっくりとうなずいた。

「わかった。今回は特別に禁止令を解除します！　パパは、ママがなんとか説得するわ」

「ホント!?」

反射的にイスからとびあがる。

（やった！　これで、コンテストに参加できる！）

一瞬で、世界がぱあっと明るくなった。

「ただし、この『マイルール』が守れなくなったら、またすぐに禁止令を出すからね！」

「うん！　ママありがとうっ！」

コンテストの応募しめきりは、もう明日！

すぐみんなに連絡しなきゃ！

15　ソライロお泊まり制作会！

いっちー『みんなお待たせ！　テストはクリアーできなかったけど、ママを説得して禁止令解除してもらえた！　今から急いでイラスト仕上げます！』

メッセージを送ると、すぐに返してもらった電源コードを接続して、パソコンをつけた。
ひさしぶりの起動だけど、調子が悪くなったりしてなければいいな……。
腕まくりをして、てきぱき準備をしていたら、携帯が鳴った。

アオイ『よかった！　本当にうれしいよ！』

アオイさんからのメッセージ！
同じ気持ちでいてくれることがうれしくて、よろこびが何倍にもふくらむ！

（はあ〜っ、勇気を出して本当によかった！）
そわそわしながら返事を考えているうちに、他のみんなからも続々とメッセージが届く。

コウスケ『よくやったぜ、いっちー！』
Rii『お待ちしていました！😁』

あたたかい言葉に、どんどん感情が高まる。
さぁ、ここからエンジン全開！
遅れをとりもどさなきゃ！
（ソフトを立ち上げて、まずは下絵のスキャンから……）
ピロリーン♪
お知らせ音が鳴って、ちらりと携帯を見やる。

Rii『ところで、私から提案があるのですが――』

バターン！

「ママ、またお願いしたいことができたっ！」

いきおいよく部屋をとびだして、リビングに駆けこむ。

「急だけど、明日、動画をつくってる仲間の家にお泊まりしたいの！　しめきりが明日の夜だから、ギリギリまでみんなと作業したくて……あ、仲間っていうのは、五年生の女の子！　この前うちに電話をかけてきた清藤さん！　春風駅の近くにある家だよ！」

前のめりでまくしたてるわたしに、ママは目を丸くする。

「あらあら。前は、ひとりで電車に乗るのもこわがってたのにねぇ」

あきれたように笑うけど、その表情は、どこかうれしそうにも見えた。

ママは電話の受話器を持ち上げて、わたしをふりかえる。

「お相手の親御さんにご挨拶したいから、連絡先をおしえてくれる？」

翌朝の土曜日。

はじめての『ソライロお泊まり制作会』にむけて、いざ、りーちゃんの家へ！

「お待ちしてました、いっちーさん！」

「アオイさんとも連絡とれてるぜ！　さっそくはじめよう！」

まだ朝の十時過ぎだけど、りーちゃんもコウスケ先輩も準備万端！

わたしもやる気満々でうなずいて、リュックからペンタブや下絵の紙をとりだす。


アオイ『いっちーさん。曲のイメージについて、キミからみんなに説明してほしい』

お知らせ音がして顔を上げると、テレビの画面にアオイさんからのメッセージが表示された。

りーちゃんの部屋でミーティングをするときは、アオイさんとのやりとりがスムーズになるように、グループトークの画面がテレビに表示されるようにしてあるんだ。

さらに、部屋にはウェブカメラが設置してあるから、わたしたちの会話はアオイさんもリアルタイムで聞くことができるの。


(この曲は……)

目を閉じると、はっきりと浮かんでくるイメージ。

『メッセージ』のメロディーをＢＧＭに、頭の中で物語が動き出す。

「ひとことで言うと――『気持ちを伝えない恋』です！」

——主人公は、野球部のマネージャーをしている高校生の女の子・ナツ。

ナツは、ずっと好きだった野球部のキャプテンに、自分の想いを伝えようかすごく迷ってて。

だけど迷った末に、伝えないことを決めた。

カレやチームメイトを困らせないため。そして、「甲子園に行く」という夢を叶えるために、そばでいっしょにがんばることをえらんだんだ。

でも……だからってそれで、ナツの世界が不幸になるわけじゃない。

ナツは前を向いて、空を見上げて。この一瞬を全力で楽しもうとしているから……。


話し終えると、りーちゃんの反応が気になって、そっと横を見た。

ナツの物語のモデルは……りーちゃんだから。

「気持ちを伝えない恋……」

りーちゃんは小さな声でつぶやいて。

あのときのように、力強いまなざしでわたしを見た。

「私……今までいちばん気持ちをこめて編集できる気がします！」

わたしたちは、笑顔でうなずきあった。

アオイ『それじゃあ作業開始だ！　しめきりに間に合うように力を合わせてがんばろう！』

それから、あっというまに二時間が過ぎた。

いつもは時間がかかるデジタルでの色塗りも、今日はスルスルと手が動いてくれて。過去最高のスピードで一枚、二枚とイラストが完成していく。

（うん、すっごくいいペース！　この調子なら、まにあうかも！）

ひと息ついて横を向くと、ちょうど、りーちゃんの手も止まっていた。

その視線はパソコンじゃなく、テレビへ注がれている。

コウスケ『テイク5のデータ送りました！』

アオイ『今聴いたよ。もう少し感情をのせてほしい。特にサビの部分』

画面には、そんなやりとりが表示されていた。

レコーディング中のコウスケ先輩とアオイさんが、歌について相談をしてるみたい。

アオイ『恋の切なさをかかえながら幸せも感じているという複雑な感情を、声色で表現してほしいんだ。コウスケ君の歌声で、聴いた人の共感を一気に引き寄せたい』

コウスケ『了解っす。録り直します』

「レコーディング、なかなかうまくいってないみたいですね……」

りーちゃんは心配そうにテレビ画面を見ながら、そっとヘッドホンを外す。

その表情を見ていたら、いてもたってもいられなくなった。

「様子、見に行ってみようよ！」

わたしが立ち上がると、りーちゃんは顔を赤らめて、あわてたように手をぱたぱたさせる。

「い、いえ。だって、今は時間が……」

「心配してやきもきしてるほうが時間がもったいないよ。ほら、りーちゃん！」

わたしはためらうりーちゃんの手を引いて、レコーディングスタジオへ駆けこんだ。

16　ハプニング発生!?

「あ〜〜〜〜〜〜っ！　くそぉ〜〜…………」

スタジオの扉を開けると、ソファーに倒れこんでいるコウスケ先輩の姿が見えた。

なにやら、低いうめき声をあげている。

「コウちゃん、大丈夫ですか!?」

あわてて駆けよるりーちゃん。

肩を揺すられて、コウスケ先輩はガバッと起き上がった。

「だってさぁ！　だってオレ、そんな切ねぇ恋とかしたことねーもん！」

ちょっぴり涙目で叫ぶコウスケ先輩。

「よかった……具合が悪いわけではないのですね」

りーちゃんはホッとしたように息をついた。

（やっぱりコウスケ先輩、レコーディングが上手くいってないんだ）

携帯でグループトーク画面を開くと、アオイさんから新たにメッセージが来ていた。

アオイ『コウスケ君、少し休もうか。ムリして喉を痛めてもいけないし、もう十二時だからお昼休憩にしよう。一時間後にまた連絡するよ』

「アオイさんのイメージどおりに歌えないのが、スッゲーくやしい……オレ、本当にアオイさんの曲の歌い手としてふさわしいのかな……？」

しょげかえる姿に、さすがに心配になって、わたしはコウスケ先輩に声をかける。

「むこうで休憩しましょう、コウスケ先輩！　アオイさんもそう言ってるし！」

「ああ……」

コウスケ先輩がのそりと立ち上がった、そのとき。

りーちゃんが、スッと前へ出た。

「もう一度歌ってください！　私がディレクションをします！」

言いながら、りーちゃんは返事を待たずに機械の前に座って準備をはじめる。

有無を言わさぬようなりーちゃんの気迫。

わたしはその場に硬直したまま、目だけを動かしてコウスケ先輩を見る。

コウスケ先輩はボーッとりーちゃんの背中を見つめて……疲れた表情のままうなずいた。

「よし。じゃあ、もうワンテイク録ってみるか……」

ブースへ入ってマイクの前に立つコウスケ先輩に、りーちゃんが呼びかける。

「私からのディレクトはひとつだけです——コウちゃん、アオイさんを想って歌ってください」

「は……はあっ!? なに言ってんだおまえ！」

おどろきの声をあげるコウスケ先輩。

わたしもびっくりして、りーちゃんを見る。

冗談を言っている表情ではなくて、真剣そのものだ。

「べつに、恋愛だけが『せつなく複雑な感情』を生むわけではないと思うのです。コウちゃんはアオイさんを尊敬していて、いっしょに活動できることをとても幸せに思っていますよね？ でも、アオイさんの才能と比べて、自分の力は不十分なのではないかと悩んでもいる……それって、この曲の……ナツの気持ちと、似た部分があるのではないでしょうか？」

りーちゃんの言葉には、はっきりと説得力があった。

わたしは、息をのんで成り行きを見守る。

コウスケ先輩は、キョトンとりーちゃんを見ていて。

だけど数秒後。

その瞳の奥に、すっと光が宿った。

「なるほどな……よっしゃ！　リイコ、曲くれ！」

「はいっ！　すぐいけます！」

息の合ったふたりのやりとりにワクワクしながら、わたしは耳に意識を集中させる。

「では、かけますね！　入りのところ、リズム意識してください！」

流れだす曲のイントロ。

コウスケ先輩はスゥッと息を吸って——歌い出した。

どきんっ
はじけとびそうな心臓の高鳴りに、わたしはシャツの布をぎゅっとにぎりしめた。
強く、深く、感情がこもった歌声。
聴いていると胸がキュンキュンとびはねて、歌の世界にぐいぐい引きこまれていく。
（この歌声……本当に、すごい動画になりそう！）
「——ＯＫです！　今のテイクをアオイさんに送ります！」
曲が終わると、りーちゃんが素早くパソコンを操作した。
わたしとコウスケ先輩は、それぞれ携帯を見つめてアオイさんからの返事を待った。
しばらくして。
お知らせ音とともに、新しいメッセージが表示される。

アオイ『完璧だ！　これをＯＫテイクで使わせてもらうよ！』

「よっ……しゃあ〜〜〜っ！」
ブースの中で、コウスケ先輩がとびはねた。

顔をくしゃくしゃにして笑いながら、ドタバタとコントロールルームへ駆けこんでくる。

「やったぞリイコ！　マジで助かった！　ありがとな！」

りーちゃんに向かって、大きく右手を掲げるコウスケ先輩。

ぱちんっ！

ふたりは、思いっきりハイタッチを交わした。

「昔から、リイコにディレクションしてもらうと絶好調なんだよな～！」

「ふふふ、コウちゃんとは長いお付き合いですからね！」

りーちゃんはうっすらほほを染めて、これ以上ないってくらい、幸せそうに笑った。


お昼をとってからは、りーちゃんの部屋でひたすら作業。

コウスケ先輩の歌声を聴いた後だから、わたしもさらにやる気にみちあふれて、猛スピードでイラストを仕上げていく。

（残り二枚！　終わりが見えてきた……！）

時刻は、午後六時過ぎ。

少し目を休めようと思って顔を上げたら、ふいに下の階から、「ガチャン」と物音がした。

「あっ！」

同時に、りーちゃんがぴょこんといきおいよく立ち上がる。

キラキラ目を輝かせて、あわてたように髪の毛を整えるりーちゃん。

どうしたんだろう？　と不思議に思って見ていると、後ろでカチャリとドアが開いた。

「ただいま、リイコ。いい子にしてたかしら？」

顔をのぞかせたのは、目を奪われるくらいキレイな女の人だった。

くっきりとした目鼻立ちに映える、赤い口紅。

まるで外国の女優さんみたいなその人に、りーちゃんが全速力で駆けよっていく。

「おかえりなさい、ママ！」

子どもみたいにはしゃいで抱きつくりーちゃん。

そんなりーちゃんを、ママもやさしく抱きしめる。

（わ～！　りーちゃんのママに会うの、わたし、はじめてだ！）

大人になったりーちゃんがいるみたいで、なんだかドキドキしちゃう。

「おどろかせてごめんなさい。あなたが〝いっちーさん〟ね？」

「は、はいっ！」

ほほえみかけられて、ピーンと背筋が伸びる。

「はじめまして、秋吉一歌といいます！　おじゃましてます！」

「リイコからいつもお話を聞いていますよ。この子と仲よくしてくれてありがとう。たいしたお構いもできないけれど、今日はゆっくりしていってくださいね」

りーちゃんによく似た、丁寧な話し方。

その足音が廊下に消えていくのを聞きながら、わたしは興奮気味にりーちゃんを見た。

「りーちゃんのママ、すっごくキレイだね！」

「ふふふ……自慢のママですっ！」

「オレの歌にダメ出しをするときは、スゲーおっかねーけどな」

渋い顔をするコウスケ先輩に、りーちゃんとふたりでクスッと笑う。

「私が動画投稿をしているって話したとき、ママがすごくよろこんでくれたんです。『はなれていても音楽でつながれるね』って。うちはパパもママも仕事が忙しくて、世界中を飛びまわっているけど……その言葉を思い出すと、さみしさも吹っ飛んじゃいます！」

――はなれていても音楽でつながれる。

その言葉は、わたしの心にもじーんとひびいた。

はなれた場所にいたわたしたちがアオイさんの曲でつながれたように、今度は、ソライロの動画が、だれかとだれかをつなげられるきっかけになれたらいいな……。

そんな想いを胸に、わたしは残りの作業に全力を注いだ。


——そして、その夜。

「応募完了……無事、間に合いました！」

りーちゃんの声に、コウスケ先輩とふたりでワッと手をあげた。

午後十一時のしめ切り、十五分前！

「ギリギリだったな～！」

「でもわたし、今までで最高のものができたと思う！」

とにかく時間はなかったけど、最後の最後までこだわって完成した、ソライロにとって三本目の動画、『メッセージ』。

ちゃんと応募に間に合って、本当によかった！

アオイ『みんなおつかれさま！　今夜はおたがいゆっくり休もう。果報は寝て待てだ』

アオイさんからのメッセージで、「やり遂げた！」って実感がわいてくる。

(果報は寝て待て、か……)

さっきまではしめきりに間に合わせることで頭がいっぱいだったけど、無事に完成したあとは、「優勝したい！」って気持ちが前よりぐんと高まったのがわかる。

だから、どんな結果が出るか、ちょっぴり不安かな……。

アオイ『それから、今日は満月だよ。なんか、いいことが起こりそうな予感』

「えっ、満月!?」

わたしはすぐさま窓に駆けよった。

見上げると、藍色の空に、まんまるの大きな月がかがやいている。

「わぁ～、ほんとだ！」

「おー！　見事にまんまるだな！」

「キレイですね～！」

コウスケ先輩とりーちゃんも、横に並んでいっしょに空を見上げる。

（アオイさんもいま、こうして空を見上げてるのかな？）

わたしたちは同じ空の下、音楽でつながってるんだ！

そう思うと、不安なんて一瞬でふきとんだ。

17　コンテストの結果は……？

五日後。

ついにコンテストの結果発表の日がやってきた。

今日は終業式の前日で短縮授業だったから、午後の授業は休み。

おかげで、発表の時間にあわせて、コウスケ先輩とりーちゃんとあつまることができた。

春風駅近くの公園のベンチに座って、ノートパソコンとにらめっこ。

「あと五分……」

わたしは時計を見ながらぽつりとつぶやいた。

かれこれ三十分以上こうしてるけど、時間が過ぎるのがすっごく長く感じるよ！

「参加サークル五六七組のなかで、トップ20に入ってなきゃいけないんだよね？」

「はい。倍率は約二十八倍ですね……それも、人気サークルが多く参加しているので、競争率はかなりのものだと思います」

りーちゃんと言葉をかわすけど、さっきからコウスケ先輩はだまったまま。

ソワソワと落ち着きなく、立ったり座ったりをくりかえしてる。

「あと一分です！　コウちゃん、年長者として、代表で確認をおねがいします！」

「えぇっ!?　ム、ムリだ！　見られねぇ！　リイコ頼むわ！」

逃げるように立ち上がって、パソコンに背を向けるコウスケ先輩。

すると、さっきまで冷静だったりーちゃんも急にアタフタしはじめる。

「じゃ、じゃあ、いっちーさんおねがいします！」

「へっ!?　わたし!?」

ずいっと、パソコンを押しつけられちゃった。

ふたりはぎゅーっと目を閉じて、祈るように顔の前で手を組んでる。

どきん、どきん、どきん
汗ばむような緊張感に鼓動がどんどん速まって、わたしも目を閉じたい衝動にかられる。

あの動画には自信がある。でも……。

（あぁ、どうしよう……もし、もし、ダメだったら……）

『――大丈夫だよ、落ちついて』

「あ……」

いま、アオイさんの声が聞こえた気がした。

(そうだよ！……大丈夫。わたしたちには、アオイさんがついてる！)

心の奥から、ふつふつと勇気がわいてくる。

わたしは息を整えて、しっかりとパソコン画面を見つめた。

あと十五秒で午後三時。

どくん、どくん、どくん……

緊張が一気に高まって、ぴりっと空気がはりつめる。

(3、2、1…………三時ちょうど！)

時計の数字が変わると同時に、ページの更新ボタンを押した。

『恋うた動画コンテスト　結果発表!!』

赤字タイトルが躍るトップページ。

ごくりと息をのんで、ゆっくりページをスクロールする。

1位・カラクリQ
2位・ましゅまろポイズン
3位・pure☆pure☆pon

ドキ、ドキ、ドキ、ドキ……
ランキングの上から順番に、サークル名がならぶ。
入賞できるのは、たったの二十組。
(お願い……！　ソライロ、ソライロ、ソライロ……！)
目を細めて必死にページを凝視する。
しかし、なかなかソライロの名前を見つけられないまま、ランキングはすすんでいく。
16位……ちがう。
17位、18位…………。
(あぁ、もうすぐ終わっちゃうよ！)
こめかみを汗が伝う。

ぎゅ〜〜っと、手に力をこめて。

最後のページへ、そっとスクロールをした——その瞬間。

どっくん
心臓が、大きくはねあがる。
(あっ………!)
カタカタ震えだす体。
息を止めて、目を見開く。

19位・ソライロ

「あった〜〜〜〜〜〜〜〜っ!!!!」

思わず大声でさけんだ。

それと同時に、ふたりがガバッと顔を上げる。

「あった!? ウソ、マジかよ!?」

「わぁっ、ほ、本当ですっ！　ちゃんとソライロって書いてあります！」

「おいっ、こっちによこせ！　オレにも見せろ！」

パソコンをとりあうふたりにもみくちゃにされながら、まだ信じられない気持ちでいると、ひざの上で携帯が鳴った。


アオイ『やった〜！　ソライロ19位入賞だ！』


めずらしくはしゃいだ感じのアオイさん。

四人の気持ちが同じになった瞬間、よろこびが大爆発する。

「「「やった〜〜〜〜〜〜っ！」」」


いっちー『やったやった〜♪』

コウスケ『うお〜！　やったぞ〜〜〜！』

Rii『やりました！　祝・入賞です！』

グループトークに躍るよろこびの言葉。

こみあげる幸せをかみしめながら、わたしはもう一度、結果発表画面を見た。

目の前にある文字が幻じゃないことをたしかめるように、指先で、そっとなぞる。

ずらりとならぶ二十のサークル名のなか、そのカタカナ四文字だけが光り輝いて見えた。

ソライロ。

わたしの人生を変えてくれた、大切な場所……。

アオイ『一〇〇万回再生の夢に、また一歩近づいたね』

アオイさんの言葉に、また、胸が高鳴る。

一〇〇万回再生。

とても果てしないものに感じていたその夢の輪郭が、少しだけ見えてきたような気がした。

どんなに遠い夢でも、ゆっくり、一歩ずつ近づいて。

そして。いつか、きっと――。


「次はいよいよ、アンエスだな！」

コウスケ先輩が、気合いたっぷりにこぶしをにぎる。

「一〇〇万回再生めざすってことは、いずれアンエスと肩を並べる……いや、超えるってことだ！　みんなで行くぜ、ワク動フェス！」

「入賞したので、ワク動フェスの入場券とアンエスのライブチケットがもらえますよ！」

「そっか！　わ～っ、楽しみだなぁ！」

ドキドキしながらうなずいて、ふと思い出す。

「あ……でも、アオイさんは……」

わたしがぽつりとつぶやいたのと同じタイミングで、携帯が鳴った。

アオイ『ところでワク動フェスだけど、僕も行く予定だよ』

えっ!?

びっくりしていたら、すぐにメッセージが追加される。

コウスケ『まさか、オレらに会ってくれるんですか!?』

ドキドキドキッ！

コウスケ先輩の質問に、心臓がとびあがる。

（えぇっ!?　アオイさんと会える!?　そんな！　まだ、心の準備が……っ！）

パニックになって意味もなく髪を整えてたら、あっというまに返事がきた。

アオイ『いや、それはまだできない……ごめん』

（あ……やっぱり、そうだよね……）

期待に高まっていた空気が、しゅんとしぼむ。

しかたないよね。アオイさんがわたしたち仲間にも個人情報を明かさないのは、何か事情があるって話だし。

勝手に期待して勝手に落ちこんだりしてたら、アオイさんに気をつかわせちゃう。

うん、しょうがない！

すっぱりあきらめて、気をとり直したところで。

またまた、新しいメッセージが届いた。

アオイ『でも、ライブや、別ジャンルの動画投稿者から学べることは多いと思うんだ。たとえばだけど、それぞれがワク動フェスで学んだことを後日発表し合うっていうのはどうかな？　夏休みの自由研究みたいな感じでさ』

アオイさんの提案に、みんな自然と笑顔になる。

「ソライロで自由研究なんて、おもしろそう！」

「たしか、去年のワク動フェスのレポートが見られるサイトがありますよ！　どんなブースがあるのか見てみましょう！」

「いいじゃん！　当日の計画も立てようぜ！」

ワイワイ話しながら、わたしはおさえきれない感動を、何度もかみしめた。

みんなといっしょにつくった動画が、コンテストでみとめられたこと。

そして、今までよりたくさんの人に届いたことが、本当にうれしい！

（きっと叶えよう……一〇〇万回再生の夢を、みんなといっしょに！）

見上げると、夏の始まりを告げるような青空が広がってる。

キラキラと降り注ぐ日差しに、素敵な未来は、すぐそばまで近づいてきている気がした。


『恋うた動画コンテスト』の結果発表があった、次の日。

ユキちゃんは、朝いちばんでソライロの入賞を祝福してくれた。

「今度いっしょにどこか行こーよ！　お祝いさせて！」

「ありがとう！　帰ったらママに予定きいてみるね」

ユキちゃんと話しながら、ちょっぴり浮き足だって教室に向かう。

今日は、一学期の終業式。

つまり……明日から、夏休み！

終業式のあと、大掃除、成績表の受け渡しも終わり、あとは帰りの会を残すのみ。

みんなすっかり夏休みに気持ちがいって、教室はソワソワした雰囲気につつまれていた。

「……………というわけで、夏休みに関する注意事項は、以上です！」

まるちゃん先生の声に、みんな目の色を変える。

ニヤニヤと目配せしあう子もいれば、フライング気味に机の上の荷物をかかえる子もいた。

クラス中がじっと息をのんで、最後の合図を待つなか……。

まるちゃん先生はゆっくりと教室を見わたした後、ニッと笑みを浮かべた。

「それではみなさん、よい夏休みを！　日直、号令〜〜っ！」


ワッと教室をとびだす男子たちを先頭に、みんな次々に教室をあとにしていく。

「一歌、帰ろー！」

「うん！」

ユキちゃんと教室を出ると、廊下は、ザワザワとてもにぎやかだった。

開け放たれた窓からは、みんなの声に負けないくらい元気な蝉の鳴き声が聞こえる。

ついに夏休み！

あ～っ、ワクワクするなぁ！

夏休みの予定を話しながら階段を下りていたら、ふいにユキちゃんが立ち止まった。

「げ、体育着袋忘れた！　一歌、先に下駄箱行ってて！」

くるりと回れ右をして、一段飛ばしで階段を駆け上がっていく。

その背中に「わかった～！」と声をかけて、わたしは下駄箱に向かった。

靴にはきかえて、先に帰っていく子とあいさつをかわして……。

しばらくすると、だんだん、下駄箱の人影もまばらになってくる。

（ユキちゃん、遅いな……）

探しに行こうか迷ってキョロキョロしていたら、下駄箱の陰からふっと人影があらわれた。

「秋吉、まだ帰ってなかったんだ」

冴木くんだった。

「ユキちゃん待ってるんだ。忘れものしたんだって」

「ふーん……あ、動画見たよ。入賞おめでとう」

「ありがとう！　冴木くんには、テスト勉強とか他にもいろいろと迷惑かけちゃって、ごめんね」

わたしがあやまると、冴木くんは靴にはきかえながら、「いや」と笑って首をふる。

ホッと、あたたかい気持ちになった。

一学期のはじめのころは、冴木くんがこんな風に笑う人だって知らなかったな。

フツーにはじまったはずの一学期が、ソライロと出会って、絵師になって。

それからは、毎日、はじめて経験することばかりだった。

（ホント、いろいろなことがあったなぁ……）

「――じゃ、また二学期」

ふと、冴木くんが言った。

一瞬、「え？」と思って、反応するのが遅れちゃった。

「あ、うん！　また二学期……」

中途半端に手を上げて、それを力なく下ろす。

そっか。夏休みになると、冴木くんとはしばらく会えなくなるんだ。

ユキちゃんや広海ちゃんたちとちがって、休みに遊ぶ約束をする仲ではないけど……。

ちょっぴりさみしく感じながら、ぼんやりと冴木くんの背中を見つめていると、

「あ、そうだ」

冴木くんがふりかえった。

「夏休みにあるワク動フェス、秋吉、行くんでしょ？」

唐突な質問にびっくりしつつも、わたしはうなずく。

「うん！　入場券がもらえるから、みんなと行くつもりだよ」

わたしが答えると、冴木くんは少し考えこむように目をふせて。

ふっと前を見た、次の瞬間——ショーゲキのひとことを口にした。

「——それ。俺もいっしょに行っていい？」

………………え？

「ええ〜〜〜〜〜〜〜〜〜〜っ!?」

あとがき

こんにちは、一ノ瀬三葉です。

『ソラプロ』二巻を手にとってくれて、どうもありがとう！

今、このあとがきを読んでくれているあなたはもちろん、一巻を読んでくれたみなさん、つばさ文庫の掲示板やファンレターで応援してくれたみなさん、担当さま、夏芽先生をはじめ、たくさんの方に支えられ、こうして二巻目をお届けすることができました！

この場をお借りして、心より感謝申し上げます！


さて。今回のお話の中には、ワク動で活動するサークルの名前がいくつか出てきました。（「ソライロ」を入れてぜんぶで六つ！　探してみてね！）

キャラをはじめ、「名前」を考えるのは、もともと、すっごく好きなんです。

なので、今回もゴキゲンでいろんなサークル名を考えていたのですが……ふと思い出しました。

以前、担当さんに、
「『ソライロ』ってサークル名は、どういう由来があって決めたんですか？」
と聞かれたとき、とっさに、
「いや～、なんかてきとうに……」
とこたえてしまったことを！（笑）

あの、ちょっと言い訳をしますと、「てきとう」というのは「いい加減」ということではなくてですね……つまり、かっこよく言うと「直感」！

ソラプロ風に言えば、「バリバリ、ズドーンッ！」と頭にうかんだってことなんです！（よし、うまくまとまった！）

みんなが送ってくれるお手紙の中でも、「キャラの名前ってどうやって決めるんですか？」という質問をけっこういただきます。

これは作家さんによって本当にまちまちだと思いますが、私の場合、まずキャラのイメージに合った「音」をいくつか思いうかべて、候補の音にいろいろな漢字をあてながら、しっくりくる名前を探す……という手順で決めることが多いです。

でも、最後はやっぱり、直感を信じるのみ！

一歌たちの名前、みんなにも「いいね！」って思ってもらえたら、超〜うれしいです。

そういえば、私が小学生のころは、クラスの班ごとに「班の名前」がありました。

席がえのあとに班員で話し合って決めるのですが、いちばん印象に残っている名前は、個性派があつまった「レインボー班」！　人数は七人じゃなくて五人だったけど（笑）

名前を決めると団結力が高まるような気がして、班の名前を考える時間、好きだったな〜。

みんなの学校では、班の名前ってつけていますか？（いましたか？）

私の母校だけだったのかな？　と、ちょっと気になっています。よかったら教えてね〜♪


ではでは、また次の物語でお会いしましょう☆

＊一ノ瀬三葉先生へのお手紙は、角川つばさ文庫編集部に送ってください！
〒102—8078　東京都千代田区富士見1—8—19
株式会社ＫＡＤＯＫＡＷＡ　角川つばさ文庫編集部　一ノ瀬三葉先生係

次回予告

コウスケ

ワク動フェス、
ついに明日だな！！！

Rii

ウワサによると、
アンエスのメンバーも
来られるそうですよ☆

コウスケ

まじかよ！
サインもらえるかな!?

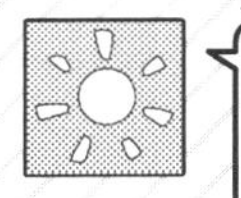

アオイ

みんな、楽しむのも
いいけど宿題をわすれ
ちゃだめだからね

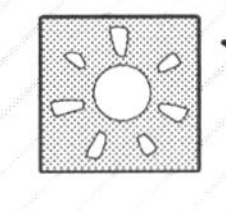

アオイ

…って、僕も明日が
楽しみすぎなんだけどさ！

一歌の心臓、
バクハツ寸前！

正体不明のアオイさんに会えるチャンスがやってきた!?

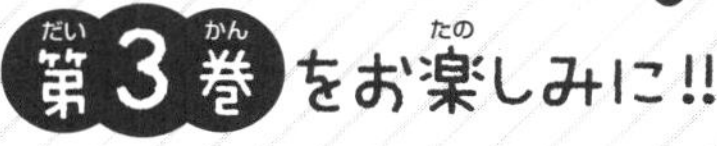

角川つばさ文庫

一ノ瀬三葉／作

おうし座のO型。埼玉県在住。2016年、『トツゲキ!?　地獄ちゃんねる』で第４回角川つばさ文庫小説賞一般部門大賞を受賞し、デビュー。おふとんが大好きで早起きが苦手。好きなお菓子はチョコレートとたまごボーロ。

夏芽もも／絵

神奈川県在住のイラストレーター・漫画家。1月30日生まれの水瓶座Ｂ型。好きな食べ物はメロンと冷麺。少女漫画をよく読みます。

角川つばさ文庫　Aい3-4

ソライロ♪プロジェクト
②恋愛経験ゼロたちの恋うたコンテスト

作　一ノ瀬三葉
絵　夏芽もも

2017年11月15日　初版発行

発行者　郡司 聡
発　行　株式会社KADOKAWA
〒102-8177　東京都千代田区富士見 2-13-3
電話　0570-002-301（ナビダイヤル）
印　刷　大日本印刷株式会社
製　本　大日本印刷株式会社
装　丁　ムシカゴグラフィクス

ISBN978-4-04-631720-9　C8293　N.D.C.913　215p　18cm

読者のみなさまからのお便りをお待ちしています。下のあて先まで送ってね。
いただいたお便りは、編集部から著者へおわたしいたします。

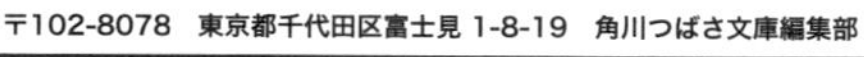
〒102-8078　東京都千代田区富士見 1-8-19　角川つばさ文庫編集部